ABEL SÁNCHEZ
UNA HISTORIA DE PASIÓN

LITERATURA

ESPASA CALPE

MIGUEL DE UNAMUNO

ABEL SÁNCHEZ

UNA HISTORIA DE PASIÓN

Edición
Isabel Criado

COLECCIÓN AUSTRAL
ESPASA CALPE

Primera edición: 20-II-1940
Vigésima primera edición: 8-I-1996

—

Maqueta de cubierta: Enric Satué

—

Depósito legal: M. 39.390—1995

ISBN 84—239—1902—1

Impreso en España/Printed in Spain
Impresión: UNIGRAF, S. L.

Editorial Espasa Calpe, S. A.
Carretera de Irún, km 12,200. 28049 Madrid

ÍNDICE

ABEL SÁNCHEZ
UNA HISTORIA DE PASIÓN

INTRODUCCIÓN

ABEL SÁNCHEZ: «UNA HISTORIA DE PASIÓN» O «HISTORIA DE UNA PASIÓN»

El dilema subyace al mero juego verbal que Miguel de Unamuno expresara en 1928 al prologar la segunda edición de ABEL SÁNCHEZ. Porque se trata de proponer una lectura de esta novela como una nueva versión de la historia de Caín y Abel —una Historia de Pasión— o intentar leerla como el análisis de la interioridad de un personaje de ficción novelesca —Historia de una Pasión.

En el primer caso, ABEL SÁNCHEZ se integraría en la lista de obras, ensayos en su mayoría, que Miguel de Unamuno dedicó a comentar los primeros capítulos del *Génesis* y las posteriores versiones literarias del relato bíblico. En el segundo, se da por supuesto que ABEL SÁNCHEZ es el intento de bucear en el alma de un personaje literario para analizar introspectivamente los entresijos de su personalidad y proporcionarle la posibilidad de expresar el proceso interior de su pasión. Es la historia de esa pasión, no lo que le pasa a Joaquín Monegro, sino cómo le pasa, cómo lo vive, cómo lo autocontempla, lo esencial de esta novela.

Y si lo he planteado como dilema no es porque una lectura excluya la otra. Es porque leer ABEL SÁNCHEZ como la exposición de la lucha fratricida, aunque sea de un Caín y un Abel en versión contemporánea, supone aceptar que una novela es una forma más o menos sistemática de plantear un tema, o interpretar el relato novelesco como un método de conocimiento. Ciertamente tal lectura es la que han llevado a cabo los filósofos que han venido comentando la obra literaria de Miguel de Unamuno, desde Julián Marías a José Luis Abellán [1], por mencionar uno de los primeros y uno entre los últimos de una larga nómina.

A quienes nos dedicamos a la literatura nos corresponde rescatar el valor literario de los relatos de ficción unamunianos, y si, en algún momento, he expresado ya mi resistencia a la lectura filosófico-existencial que venía haciéndose de las novelas de Miguel de Unamuno, ahora ratifico mi postura, precisamente ante una novela que soporta con dificultad un análisis formal por la desnudez de los procesos literarios [2].

---

[1] Cfr. J. Marías, *Miguel de Unamuno,* Espasa Calpe, Madrid, 1943; J. L. Abellán, *Abel Sánchez,* Introducción, Clásicos Castalia, Madrid, 1985.

[2] I. Criado, *Las novelas de Miguel de Unamuno. Estudio formal y crítico,* Universidad de Salamanca, 1986.

«NOVELA Y NO NIVOLA»

Con la aparición de ABEL SÁNCHEZ en 1917, Miguel de Unamuno retoma el modo de novelar realista que había interrumpido en *Paz en la Guerra* (1897), y abre una pausa en la otra manera de novelar: la que rompe el fingimiento de realidad de lo contado en el texto y lo manifiesta como pura ficción. Planteamiento narrativo que había iniciado en *Amor y Pedagogía* (1902) y retomado en *Niebla* (1913).

Estas dos maneras de novelar[3] comparten una convivencia fructífera a partir de 1917, porque Miguel de Unamuno optará por escribir novelas o nivolas según quiera representar mundos creíbles, en los que criaturas de tamaño natural se mueven en un acaecer cotidiano, o pretenda hacer caer en la cuenta al lector de que aquello que le está contando es una ficción, rompiendo con la ortodoxia del género de la novela que se basaba en el pacto implícito, entre autor y lector, de credibilidad de lo contado.

Ya en el Prólogo a *Amor y Pedagogía* Miguel de Unamuno duda de la ortodoxia genérica de esta novela, a la que califica de «novela o lo que fuere, pues no nos atrevemos a clasificarle» *(O.C.,* II, 305)[4]. En *Niebla* define por primera

---

[3] I. Criado, *o.c.*, págs. 23 y sigs.

[4] Miguel de Unamuno, *Obras Completas,* Escelicer, Madrid, 1966.

vez, en la voz de su personaje-novelista Víctor Goti, qué es una nivola y creo que esta definición debe tenerse como cierta, aunque no se me oculta que el mismo Unamuno, muchos años más tarde, flexibilizará el concepto de nivola aplicando el término a todo y a nada. Nivola es para Goti la carta blanca de la novela, que le da la posibilidad de hacer lo que quiera: «Así nadie tendrá derecho a decir que deroga las leyes del género... Invento el género, e inventar un género no es más que darle un nombre nuevo, y le doy las leyes que me place» *(O.C.,* II, 616). Y son aspectos muy determinados de la novela tradicional los que Goti pretende innovar. Quiere romper con el relato que transmite mundos íntimos o historias personales: «Lo que hay es diálogos; sobre todo, diálogo. La cosa es que los personajes hablen aunque no digan nada [...]. La conversación por la conversación misma, aunque no diga nada.» Más concretamente que parezca que el autor «no nos molesta con su personalidad, con su yo satánico» *(O.C.,* II, 615-616).

Si no le interesa la novela como comunicación de anécdotas o realidades íntimas, Unamuno se declara por la construcción verbal de un mundo de seres ficticios a través del diálogo y de la presentación dramática, que dejan ver al lector la condición literaria de esos personajes. La nivola va a quedar perfectamente definida en las explicaciones que da el transcriptor de las cartas en el Epílogo a *La Novela de Don Sandalio* (1930): «Mis lectores, los míos, no buscan el mundo coherente de las llamadas novelas realistas...; mis lectores, los míos, saben que un argumento no es más que un pretexto para una novela, y que queda, ésta, la novela, toda entera y más pura, más interesante, más novelesca, si se le quita el argumento» *(O.C.*, II, 1184).

Unamuno había roto —en esta línea de novelas que comenzó en *Amor y Pedagogía* y que se extiende hasta *La Novela de Don Sandalio*— con el modelo tradicional de relatar algo que le pasa a alguien en un lugar y en un tiempo. Pero en ABEL SÁNCHEZ retoma ese viejo modelo narrativo que había dejado de lado durante veinte años, desde *Paz en la Guerra*. Inmediatamente después de su publicación se refiere a ella en estos términos: «La trágica vida cotidiana de estas terribles pequeñas ciudades de que saqué los materiales de Joaquín Monegro, del torturado Caín moderno, al que di vida en mi última novela —novela y no nivola— *Abel Sánchez*» *(O.C.,* IV, 1108).

Declara Miguel de Unamuno su vuelta a la preocupación por representar mundos reales y creíbles en sus novelas, a través de la transmisión verosímil.

DE LA «NOVELA HISTÓRICA» A LA «NOVELA EN ESQUELETO»

Paz en la Guerra es la primera, y, hasta ABEL SÁNCHEZ, única novela de corte realista que ha escrito Miguel de Unamuno. Pero, si afirmo que ABEL SÁNCHEZ responde a la misma concepción narrativa que *Paz en la Guerra,* no extiendo mi afirmación más que al propósito de crear ilusión de realidad que ambas comparten, porque el realismo narrativo sufre un proceso de desnudez y adelgazamiento en las novelas de Miguel de Unamuno que va a marcar un abismo entre los procedimientos formales utilizados en una y otra. Y en ese proceso ABEL SÁNCHEZ representaría el ensayo magno de sustantividad de la novela unamuniana, aunque, como diría Gide, esta novela que sondea psicológicamente, sigue esclavizada a la verosimilitud y pretende reflejar la realidad con mayor fidelidad aún.

En 1923, y en una visión retrospectiva, Unamuno delimita certeramente ese abismo que media entre *Paz en la Guerra* y ABEL SÁNCHEZ: «En esta novela *[Paz en la Guerra]* hay pinturas de paisaje y dibujo y colorido de tiempo y lugar. Porque después he abandonado este proceder forjando novelas fuera de lugar y tiempo determinados, en esqueleto, a modo de dramas íntimos... Así en mis novelas... *Abel*

Sánchez, La Tía Tula... no he querido distraer al lector del relato del desarrollo de acciones y pasiones humanas» *(O.C.*, II, 91).

La nueva óptica afecta a la focalización: rompe con la captación mediante sensaciones de una realidad exterior y penetra en la interioridad para desentrañar la soterrada existencia de los personajes. A partir de ABEL SÁNCHEZ, en las novelas de Miguel de Unamuno no hay mundo con figura, quedan sólo realidades íntimas sustentadas en el mínimo suficiente de circunstancia o exterioridad. Y las mutaciones en la instancia narrativa corren parejas a la desnudez de los mundos vistos: el relato de un personaje que no pertenece a la ficción deja paso a la expresión del personaje por sí mismo, mediante la nuda confesión en primera persona, o la epístola, o el diario íntimo.

Si *Paz en la Guerra* era una novela histórica, documental, positivista, a la manera del siglo XIX, ABEL SÁNCHEZ es un «relato dramático, acezante de realidades íntimas, entrañadas, sin bambalinas ni realismos en que suele faltar la verdadera, la eterna realidad, la realidad de la personalidad» *(O.C.*, II, 311-312).

La búsqueda de esa expresión desnuda de mundos interiores, estimo yo, el relato de acciones y pasiones humanas, enfrenta a Miguel de Unamuno con una serie de problemas formales que pasamos a analizar.

«ESTA MI HISTORIA DE UNA PASIÓN TRÁGICA»

La importancia de ABEL SÁNCHEZ en la trayectoria formal de la novela unamuniana es absoluta. A veces he pensado que la elección del tema provocó la búsqueda de formas de expresión hasta el momento inexploradas por Miguel de Unamuno, y otras he creído que primero fue la búsqueda de la expresión del proceso interior, que Miguel de Unamuno partió de la necesidad de experimentar nuevos modos narrativos y para el experimento buscó un tema que no creara en el lector expectativas de originalidad: la historia de un Caín contemporáneo.

Pero sea como fuere, o simultáneamente, nos vemos abocados a establecer un doble orden de cosas en este análisis: la incorporación de un nuevo modo narrativo, el confesional, a la novela unamuniana, y, de otra parte, el tratamiento novelesco de un tema que pertenece al acervo de la cultura occidental y que, desde el *Génesis,* ha sido tratado por la literatura en todos los géneros.

Hasta el momento, Miguel de Unamuno ha utilizado el relato en la voz de un contador que no pertenece a la ficción, para la expresión de mundos externos y también de mundos no perceptibles; ha ensayado, con éxito, el diálogo entre personajes para comunicar hechos y realidades íntimas: es el caso de la comunicación de Augusto y Goti en *Niebla,* novela en la que incluso ha tratado de personificar a Orfeo para que dé al personaje la oportunidad de comunicar en voz alta sus íntimos tormentos, cuando está solo. Tanteos que manifiestan la preocupación del autor por la expresión de la interioridad de sus personajes en forma creíble y verosímil.

Sin embargo, ha podido constatar Unamuno que la palabra pronunciada no ahonda en la entraña del proceso psicológico del agonista, porque no da el ritmo del discurso que se requiere para desarrollar la condición humana, razón por la que ensaya ahora otros modos para el análisis de la pasión o del proceso íntimo de Joaquín Monegro. Por primera vez Miguel de Unamuno utiliza un modo, muy viejo por cierto, de análisis del yo: el modo confesional o la expresión de sí mismo, en solitario, y en primera persona. Es evidente que el narrador cede la palabra a Joaquín Monegro porque no le interesa dar la verdad de los hechos, bíblicos o actuales, ni la exactitud de los detalles biográficos de un médico de provincias. Le preocupa conocer lo que el personaje sintió o vivió, más exactamente cómo experimentó esas vivencias, lo que Juan Jacobo Rousseau define en sus *Confesiones* como «verdad moral». Miguel de Unamuno está buceando en el hombre, en la condición trágica de la vida, y está ensayando formas para la expresión del sí mismo.

Es éste el momento de explicar mi duda de si fue el escritor o el hombre atormentado quien ideó a Joaquín Monegro, el Caín de su novela. De momento parece claro que el novelista ha venido tanteando formas para la introspección del personaje literario, porque le interesa el análisis de las pasiones humanas, y, posiblemente a partir de ese ensayo formal, elige un tema que el lector conoce, para que el interés por el desarrollo de la anécdota no acapare su atención y se centre en el cómo de la pasión de Caín, no en el qué de los hechos, simbólicos o actuales. En la extensa nómina de artículos, más o menos amplios, o de citas en textos de muy diferente género —desde *Del Sentimiento Trágico de la Vida* a *El Otro—,* en que Miguel de Unamuno ha tratado con cierta profundidad el cainismo, hay un artículo de los primeros en el que plantea ya la dificultad de la expresión de la propia pasión, de forma muy semejante al tratamiento ficticio que va a darle en ABEL SÁNCHEZ. Me refiero a *Soledad,* 1905 *(O.C.,* I, 1251-1263). Aquí, en este texto, confluyen ya la preocupación por la expresión íntima y el tema del fratricidio, por lo que resulta sorprendente que tarde tanto tiempo en llevarlo a la ficción, hasta 1917. Porque, efectivamente, a Unamuno ya entonces le interesa poco la leyenda bíblica, le interesaba más cómo la viviría íntimamente y agónicamente su protagonista y cómo la manifestaría en su más profunda realidad, en soledad consigo mismo: «Yo habría deseado oír a Caín a solas, cuando no tenía a Abel delante, u oírle después, cuando al ser maldito por Dios le dijo, es decir, se dijo a sí mismo: "grande es mi iniquidad, Señor.. (Génesis, IV, 13-14)". Y, aun para oírle esto, era preciso que él no me viera ni supiera que yo le oía, porque entonces me mentiría. Sólo me gustaría sorprender los ayes solitarios de los corazones de los demás» *(O.C.,* I, 1254).

Joaquín Monegro complementa el relato bíblico de los hechos, con el relato ficticio del análisis interior de la condición humana y, además, el novelista se plantea por qué medios puede obtener la confesión solitaria de Caín, sin interferencia, incluso, de la presencia de un interlocutor. Porque para el conocimiento y expresión de sí mismo no vale el diálogo entre personas, no vale la mirada compasiva de Orfeo a su dueño, que le hace sentirse observado, tiene que conseguir que el narrador no esté presente cuando el personaje escudriña su alma, para que esa expresión de sí mismo sea sincera y personal, y para eso, precisamente, incorpora la confesión al relato de los hechos.

Pero la solución formal que tradicionalmente se ha intentado en este tipo de novela de sondeo anímico no es muy eficaz o, al menos, no ofrece total garantía de que quien se cuenta a sí mismo desentrañe su propia verdad. Y esa es la duda de Miguel de Unamuno sobre la validez del sistema: «querrá decir la verdad y creerá decirla... pero no la dice... No va a contar sencillamente lo que hiciera y sintiera, va a acusarse y el que se acusa miente tanto como el que se excusa» *(O.C.,* I, 1254). El autor de ABEL SÁNCHEZ conoce bien la dificultad de que su Joaquín Monegro se exprese como es, porque el amor o el odio a sí mismo embellecen o afean el propio retrato, y porque al desentrañar su propia vida, aun en las confesiones más sinceras, el hombre se muestra como quiere que lo vean.

Y aún plantea otro problema la forma narrativa cuando se busca, sobre todo, la sinceridad del testimonio personal: la distancia que cualquiera de los modos genera entre el tiempo de los hechos y el tiempo del relato, y la consiguiente manipulación e interpretación a que da lugar. Los modos convencionales de la narración en primera persona permiten un corto juego de combinaciones: el diario acorta la distancia entre lo vivido y lo escrito y da cuenta de la evolución interior, siendo con visos de una mayor credibilidad; la memoria alarga el tiempo entre los hechos objetivos y su relato, mientras que la confesión aleja la vivencia íntima de su comunicación, permitiendo que los hechos rememorados sufran la deformación de la conciencia, inmersa en un presente muy distante. Y un último elemento intercepta la expresión sincera cuando, como en el caso que nos ocupa, quien desentraña su intimidad pretende conmover o afectar al destinatario de esa confesión.

Por todas estas razones, si Miguel de Unamuno busca sobre todo la sinceridad del testimonio de su agonista, no puede reducir la comunicación del yo a un desnudo relato confesional, tiene que buscar una compleja estructura modal que le permite superponer épocas y fases vitales, discursos y reflexiones y testimonios, porque intuye que la expresión del proceso interior no puede ser lineal, plana y simple.

En su momento, 1917, la novela que estamos analizando pudo considerarse un relato trágico, pero hoy, con un instrumental analítico más sofisticado, esta historia de una pasión se nos antoja muy valiosa por la complejidad formal y técnica que, acaso, don Miguel no llegó a concienciar en toda su amplitud.

Pasamos, pues, al análisis de esta estructura modal y sus repercusiones en la instancia narrativa.

«ENTREMÉZCLANSE EN ESTE RELATO FRAGMENTOS TOMADOS DE ESA CONFESIÓN»

Si se tratara de la sencilla inserción de un relato, el confesional, en otro relato, el de los hechos, esta novela sería una versión más del viejo esquema del relato dentro del relato, y nuestro estudio tendría que buscar la integración de ambos en función de la unidad o necesidad de la digesis. No me parece éste el caso, porque se trata de una novela en la que se mantiene un intencionado desdoblamiento formal. El desdoblamiento comienza afectando al tema o anécdota de la novela que se mueve en el doble plano: los hechos son parcialmente conocidos y parcialmente originales. El lector conoce antes la historia de Caín y Abel, que es evocada mediante imágenes recurrentes a lo largo de la novela, recurrencias que le permiten reconocerse sabedor, a través del símbolo, de lo que va a suceder. Desde las primeras páginas se solicita su complicidad: «No recordaban Abel Sánchez y Joaquín Monegro desde cuándo se conocían. Eran conocidos desde antes de la niñez..., casi más bien hermanos de crianza» (página 55 de la presente edición por la que cito a partir de ahora). A la vez que se le oculta aquella parte original de la historia, lo que pertenece a la casuística concreta que adopta esa trama simbólica, argumento que deberá ir descubriendo en el ir, venir, hablar o aburrirse de ese y otros personajes, para que su interés no decaiga.

Lo que conoce ya y lo que desconoce todavía de la historia se comunica al lector a través de una doble versión literaria: una confesión escrita por el agonista [5], Joaquín Monegro, y un relato-presentación en el que un contador no

[5] Vengo utilizando el término con el que Miguel de Unamuno designa a sus trágicos y agónicos protagonistas.

identificado informa sobre personajes, acontecimientos, y objetos que constituyen el mundo ficticio representado, y en el que, frecuentemente, los personajes toman la palabra para dialogar y comunicar entre sí.

Esta doble versión literaria de los hechos es sucesiva en el tiempo: primero Monegro escribe su confesión de cómo vivió dolorosa y trágicamente una parte de su vida para que, después de muerto, la encuentre su hija. Y, a partir de esa confesión, alguien, un anónimo contador, relata desde fuera la vida de ese personaje y la de quienes con él convivieron, así como sus muertes. Son, pues, dos relatos que se escriben en dos tiempos distantes el uno del otro. Pero, en el tiempo del discurso literario, esta sucesión se invierte porque en el relato en tercera persona, que es el último que se escribe, se representan los hechos como sucediendo antes de la confesión. Es decir, que el relato posterior presenta hechos anteriores al primer relato, adelantándose en el tiempo de los hechos, aunque escrito posteriormente. Se da así un cruce de los tiempos en que se cuentan los hechos y el tiempo en que acaecen los hechos y se vivencian. Veremos en seguida que esta implicación o enmarañamiento de planos temporales cumple una función en el relato.

Que la confesión actúa como nivel literario mediador entre los hechos y la ficción novelesca, es algo que el narrador no identificado comunica al lector para hacerle cacr en la cuenta del encadenamiento causal del doble relato: «Fue entonces, en efecto, cuando empezó a escribir su *Confesión,* que así la llamaba, dedicada a su hija y para que ésta la abriese luego que él hubiera muerto, y que era el relato de su lucha íntima con la pasión que fue su vida, con aquel demonio con quien peleó casi desde el albor de su mente... Esta confesión se decía dirigida a su hija, pero tan penetrado estaba él del profundo valor trágico de su vida de pasión y de la pasión de su vida, que acariciaba la esperanza de que un día, su hija o sus nietos la dieran al mundo, para que éste se sobrecogiera de admiración y de espanto ante aquel héroe de la angustia tenebrosa...» (pág. 182).

Acabamos de leer la historia de una novela de Miguel de Unamuno que se titula ABEL SÁNCHEZ: UNA HISTORIA DE PASIÓN.

Hemos hecho notar ya que la confesión no está asumida en el relato de los hechos, mantiene una confusa e indeterminada localización temporal: de anterioridad en el tiempo real de la redacción, de posterioridad en el tiempo del discurso literario, en relación con el acaecer de los acontecimientos, y de simultaneidad en el proceso interior del agonista que ejecuta conductas y reflexiona sobre ellas, es decir, en los hechos.

Tampoco está definida claramente la función comunicativa de la confesión en relación con el relato, porque no tiene reservada una parcela privativa o exclusiva en la historia, quiero decir que no es, o por lo menos no exclusivamente, el «comentario que se hacía Joaquín a sí mismo de su propia dolencia» (pág. 49), aunque lo afirme el contador no identificado, ni es sólo «un desahogo íntimo», ni «un espectáculo de las más íntimas o asquerosas dolencias». Porque, aunque sea el vehículo para el comentario, el desahogo, o la manifestación de la interioridad de ese personaje, no desarrolla en exclusiva esa parcela, comparte la función de expresar el acaecer de la vida interior del agonista con el relato en tercera persona, en el que frecuentemente el narrador hace incursiones en el alma de su personaje, o en el que cede la palabra a Joaquín para que, directamente, mediante el diálogo con otros personajes, o en solitario, en forma de monólogos no pronunciados, nos dé noticia de su visión o experiencia de la vida.

No es privativo de la confesión porque en el relato en tercera persona quien cuenta lo conoce todo, también lo íntimo y recóndito, y lo dice todo, también lo que no puede decir sin transgredir las leyes del más elemental verismo. No tenemos información en la confesión sobre el sufrimiento de Joaquín Monegro que no pudiera haber dado el contador, que todo lo sabe, sin romper su habitual omnisciencia dentro del relato. No es el qué, la noticia sobre sí mismo, es el cómo se hunde Joaquín en su miseria y angustia más absolutas: «empecé a odiar... y a proponerme a la vez ocultar ese odio, abonarlo, criarlo, cuidarlo en lo recóndito de las entrañas de mi alma» (pág. 73).

Como he dicho, la noticia sobre el estado de ánimo del agonista se da infinitas veces en la voz del contador, que usurpa, de este modo, la comunicación de la interioridad: «Y este juicio común de los compañeros, ..., no hacía sino envenenarle el corazón» (pág. 57). Otras veces, muchas también, la tercera persona da paso al psicorrelato, palabra no pronunciada, del propio Joaquín Monegro: «¡No —se decía—, no vuelvo, no debo volver; esto me empeora; me agrava; ...; no se respira allí más que malas pasiones retenidas; no, no vuelvo, lo que yo necesito es soledad, soledad!» (pág. 142). Y todavía en la novela se utiliza otro modo, el diálogo, que también permite la comunicación y expresión de sentimientos íntimos al amigo: «¡Es que esa mujer está jugando conmigo!... ¡Hay veces que no sé si la quiero o la aborrezco más...!» (pág. 61).

Todas estas formas han permitido al narrador integrar la comunicación íntima en el relato de los hechos, y todas han sido utilizadas para transmitir la trágica vida y la muerte de Joaquín Monegro. Sin embargo, cómo odia, cómo se envilece, cómo lucha —«Luché... con ese hediondo dragón que me ha envenenado y entenebrecido la vida» (págs. 81-82)—, cómo se aborrece: «¡Ojalá nunca hubiera vivido!... ¿Por qué me hicieron? ¿Por qué he de vivir?» (pág. 107);

cómo se autodestruye y aniquila Joaquín Monegro, no hubiera podido expresarse más que con la propia palabra escrita en solitario, no pronunciada, que es lo que permite la forma confesional.

El relato personal inserto en el relato no personalizado cumple una función intensificadora sobre la indagación en sí mismo, porque al proporcionar mayor información sobre el mundo interior arroja una luz especial. Y esa intensificación informativa indica lo que es sustancial en la novela: la historia de una pasión, la exploración del hombre y del proceso interior de su existencia.

El doble relato es el medio que Miguel de Unamuno utiliza para destacar, concediéndole mayor relieve, aquella comunicación de la historia que más le interesa en esos momentos: el alma del hombre. Es como poner voz propia a una parte de la historia contada en voz anónima.

La doble modalización del relato determina también una doble estructura de significación: en el relato anónimo, en tercera persona, se obtiene una enunciación objetiva, referida a hechos y objetos del universo de la ficción, que el lector debe admitir como cierta; en el relato con narrador personal, en primera persona, se obtiene conocimiento sobre quién cuenta, porque la comunicación recae sobre sí mismo, pero esta comunicación produce incertidumbre en cuanto a la objetividad de la información, ya que quien comunica es un personaje de la ficción, desprovisto de la autoridad que se supone al narrador. De manera que el doble relato mantiene siempre al lector entre la credibilidad y la duda, entre la certeza de las conductas y el asentimiento emocional de las pasiones. El lector mantendrá esa tensión mientras dure la novela, porque toda ella se monta sobre la dualidad de estructuras significativas y el diferente grado de significación que conllevan, tensión que se hubiera roto si el relato en tercera persona hubiera asimilado el nivel narrativo de la comunicación del sí mismo.

En alguna medida esta «historia acezante de acciones y pasiones humanas» mantiene la comunicación objetiva, no identificada, para las acciones, pero para las pasiones guarda la incierta comunicación que genera el discurso en primera persona.

«Fue entonces cuando empezó a escribir su Confesión»

Como ya he señalado antes, el tiempo de los hechos contados en la Confesión y el tiempo de los hechos del relato es el mismo, es único, porque ambos cuentan una sola historia. Pero esos hechos dieron lugar a una primera versión literaria, la confesión de un hombre de cincuenta y cinco años dirigida a su hija, y, posteriormente, muerto ya Joaquín Monegro, al relato de un narrador no identificado, que conoce la confesión, y cuenta o presenta desde fuera el acaecer cotidiano de los hechos que este personaje vivió. El tiempo en que se escribe la Confesión es anterior al tiempo en que se escribe el relato, de manera que la distancia entre los hechos y la confesión es menor que la distancia entre el relato impersonal y los hechos.

Bajo la apariencia de un relato lineal de acciones y pasiones humanas, ABEL SÁNCHEZ presenta una compleja y sugerente superposición temporal que llega a crear conciencia de tiempo múltiple y simultáneo. Porque al existir en el texto de la novela tres planos temporales distantes entre sí: el de los hechos, el de la confesión y el del relato, se logra el efecto de un triple acaecer temporal simultáneo, ya que el lector tiene noticia de ellos en el único tiempo en que está leyendo la novela. De manera que se genera un movimiento alternante entre esos tres momentos separados por los años: el de la vida, el de la confesión de la propia vida y el de la presentación de esa vida y esa confesión, movimiento que borra la sucesión temporal de esos tres planos paralelos, y hace que se perciban como superpuestos.

Se pone así en pie un mundo ficticio con relieve temporal, que produce complejidad en la expresión del proceso anímico de Joaquín Monegro. Su experiencia de inferioridad y fracaso social lo han transformado en un hombre perverso, que rumia su odio y que se nos presenta como agonista de la historia de su existencia, de manera que su conducta actual y la de quienes con él conviven son consecuencia de la perversión que vivió y del odio que entonces anidó en su alma. La ficción surge de esa maraña temporal que produce un efecto de devenir causal, no temporal, de acaecer múltiple, borrando la distancia de los tres planos, a pesar o precisamente por el empeño con que el contador trata de recluir cada situación en uno u otro momento.

Se rompe la sucesión lineal del tiempo, o al menos ése es el efecto de la multiplicidad temporal, porque el recuerdo del pasado de Joaquín modifica los sentimientos del presente cuando se autocontempla en la confesión. A la vez que esta contemplación modifica la visión que da el narrador en la historia de los acontecimientos del pasado, y el juicio de valor que hace de las conductas personales.

Posiblemente por la exigencia de la comunicación del proceso interior, de la intimidad atormentada, Miguel de Unamuno, proponiéndoselo o no, consigue romper la linealidad sucesiva del acaecer de los hechos en la novela, llegando a crear sensación de ruptura de la sucesión al interrumpir, con reflexiones personales y memoria subjetiva (plano de la confesión), los diálogos actuales del relato de la historia (plano del relato).

Una red informativa profusa y confusa, como la propia interioridad del alma del agonista, hace que al mismo tiempo que Joaquín escribe su confesión ésta actúe sobre su vida, porque el recuerdo del tormento de su juventud y madurez incide sobre el momento presente y, simultáneamente, estas reflexiones modifican el significado de los hechos, pues esa interpretación se objetiva en el relato.

Antes he dicho que la superposición y la alternancia de la doble versión literaria están insistentemente marcadas por la tercera persona, para hacer patente la distancia temporal de los hechos con las dos versiones textuales, a la vez que la distancia entre ellas: «Le admití —escribía más tarde en su *Confesión* dedicada a su hija— por una extraña mezcla de curiosidad, de aborrecimiento a su padre...» (pág. 154). La acción de admitir como discípulo a Abel hijo, y el acto de contarlo en la Confesión están perfectamente separados por eso «escribía más tarde», a la vez que el tiempo del verbo marca la distancia entre el momento en que Joaquín redactaba su confesión y el tiempo en que el narrador desconocido nos cuenta que Joaquín lo había escrito.

Al repetirse casi constantemente en la novela esta marca de la doble distancia de los tiempos, en vez de conseguir delimitación temporal se produce cierta confusión que obliga al lector a preguntarse constantemente: pero ¿cuándo escribió Joaquín esto y cuándo tuvo noticia de ello el narrador?

El mismo efecto consigue al fijar el tiempo del relato confesional: «Fue entonces cuando empezó a escribir su confesión» (pág. 182), porque marca el comienzo de la redacción de la confesión a los cincuenta y cinco años de Joaquín Monegro, momento distante del recuerdo de su vida toda, que intenta recuperar. De igual manera que marca la distancia entre el tiempo del relato y la muerte de Joaquín Monegro: «Al morir Joaquín Monegro encontróse entre sus papeles una especie de Memoria... Entremézclanse en este relato fragmentos...» (pág. 49), dado que el relato contiene parte del manuscrito confeccionado necesariamente en vida, y más precisamente un año antes de morir: «pasó un año en que Joaquín cayó en una honda melancolía. Abandonó sus memorias... Horas después rendía su último cansado suspiro» (págs. 208 y 211).

Es como un ir y venir del pasado de los hechos al después, intermedio, de la confesión y al mucho más tarde, tiempo largo e indeterminado, en que el contador anónimo halló el manuscrito confesional. Sin duda los tres tiempos, pendularmente recurrentes y determinados fidedignamente, crean el tiempo de la novela en el que los recuerdos se superponen en la memoria individual a las reflexiones sobre los hechos de esos recuerdos, que a su vez son subsumidos por la historia, contaminada por el previo testimonio subjetivo, que trae al presente los hechos remotos desde un pasado indeterminado.

La delimitación de tiempos crea la acumulación de tiempos en relación con el presente del lector, por lo que se tambalea la pretendida linealidad de los dos relatos: el personal y el no personalizado.

«Y SE REGODEABA A SOLAS PENSANDO»

Si la compleja red de la sucesión temporal crea la percepción del difícil existir interior de Joaquín Monegro, a la vez que delata la dificultad de la expresión del sí mismo, el desdoblamiento del tiempo encuentra un soporte aún más cierto en el diferente ritmo con que acaecen las situaciones y los procesos interiores en el relato y en la confesión.

Miguel de Unamuno manipula la duración temporal, imprimiendo un acontecer lento a la reflexión y al recuerdo en la confesión, y un apresurado suceder a los hechos del relato. El desequilibrio de los ritmos durativos altera el desarrollo natural de las cosas en la novela, y no por falta de pericia del autor, ciertamente por voluntad manifiesta. Si, además, la alternancia de esos ritmos durativos en la novela no obedece a una disposición equilibrada de la confesión en el relato, se produce una constante descompensación, una especie de vaivén, que hemos de analizar en función de la mayor importancia que se concede a la penetración en el mundo íntimo sobre el acontecer de conducta o hechos. En el relato todo pasa deprisa, o casi todo, de manera que la información está resumida, excepto cuando el narrador, que todo lo sabe, hace incursiones en el alma de los personajes. Que tiene prisa el contador de hechos lo sabemos desde que, en una corta página de las primeras de la novela, se nos informa de la infancia, la adolescencia y casi toda la juventud de Abel y Joaquín. Abelín nace y es médico en unas pocas líneas, y de hechos que deberían ser importantes, como el nacimiento del hijo de Abel y Joaquina, recibimos información en un capítulo apresurado, tanto como la noticia del enamoramiento y casamiento de sus padres.

Este ritmo rápido, esta duración corta, cortísima a veces, para hechos que sucedieron en largos años, produce superficialidad en el conocimiento y valoración que de los mismos hace el narrador y recibe el lector. Contrariamente a la delectación morosa con que Joaquín Monegro se autocontempla, y disecciona los más imperceptibles movimientos de su mundo íntimo. A modo de cala, y para no acumular citas del texto, remito al lector a los capítulos V, XI y XII, o XXXI, verdaderamente antológicos para demostrar la densidad morbosa del relato confesional, cuando Joaquín Monegro se deleita en su propia perversión.

A veces la novela se precipita, es como si el narrador tuviera prisa, otras la lentitud tediosa con que se refieren mínimas situaciones o estados de ánimo imprime un desarrollo cansino y torpe a la acción, y este cambio de andantes se reparte irregularmente, acumula en núcleos muy determinados uno un otro ritmo.

El diferente tratamiento durativo de la autocontemplación, o indagación quirúrgica de la pasión de Joaquín Monegro, vuelve a identificar, destacar y marcar la percepción de la interioridad, como el aspecto más importante de esta novela. Está desdibujado el paso de los días y de los años, a veces, y, en contraposición, la densidad de los minutos íntimos invade morosa, morbosa y delectablemente el discurrir de la acción. Es evidente que se ha roto el paralelismo entre la duración de los hechos y la duración que se les atribuye en los dos niveles narrativos. En uno de ellos corren las edades, en el otro se detienen los instantes.

«UNA BAJADA A LAS SIMAS DE LA VILEZA HUMANA»

Como ya he escrito en otro momento, en ABEL SÁNCHEZ se fija una estructura de percepción de la realidad ficticia común a todas las novelas de Miguel de Unamuno entre 1902 y 1921: la alternancia o desdoblamiento de la visión. Siempre existe un entramado básico en el que alguien no identificado ve lo que hacen unos personajes, observando sus conductas o penetrando en sus pensamientos y conciencias. Sobre este primer nivel de focalización, que proporciona una visión neutra, surge un personaje que mira y nos hace ver a los otros y a sí mismo, de manera identificada. Debo subrayar que la alternancia visual va acompañada, en esta novela, por el cambio de nivel narrativo.

Miguel de Unamuno establece así dos grados de visión en el texto, lo que quiere decir que el desdoblamiento afecta también a la mirada por la que vemos el mundo de la ficción: en el relato ve el mismo sujeto no identificado que permite expresarse a los personajes o nos informa sobre ellos; mientras que en la confesión ve Joaquín Monegro, el mismo que la expresa con voz propia. Debo añadir que este agonista no sólo se ve a sí mismo, también ve en torno a sí las cosas y penetra en las intenciones de otros. Se trata de un claro caso de focalización interna.

La dualidad focal de esta novela no admite duda, Miguel de Unamuno se esfuerza por mantener el desdoblamiento de las dos visiones que existen autónomamente, apoyadas en el paralelismo y distancia de las secuencias temporales que he anotado.

Otra vez se da la confluencia desintegrada de ambas maneras de ver que, al superponerse, producen dos visiones paralelas y, en momentos, conflictivas de un mismo hecho, porque el ojo no identificado ve indiscriminadamente, pero Joaquín Monegro mira de una determinada manera.

Ya en la primera página se establece la delimitación de maneras de mirar un mismo suceso. Quien presenta los hechos lo percibe así:

«—Bueno, éste no quiere que vayamos al Pinar (...)

—Sí, hombre, sí; como tú quieras. ¡Vamos allá!

—(...) ¡Ya te he dicho otras veces que no! ¡Como yo quiera no! (...)

—Que sí, hombre...

—Pues entonces no lo quiero yo...

—Ni yo tampoco.

—Eso no vale —gritó ya Joaquín—. ¡O con él o conmigo!

Y todos se fueron con Abel, dejándole a Joaquín solo» (pág. 56).

Mientras que en la confesión ese mismo hecho se matiza desde otra perspectiva que, además, se hace notar: «Al comentar éste en sus *Confesiones* tal suceso de la infancia, escribía: "Ya desde entonces era él simpático, no sabía por qué, y antipático yo, sin que se me alcanzara mejor la causa de ello, y me dejaban solo. Desde niño me aislaron mis amigos"» (página 56).

Quien ve desde fuera las relaciones de Abel y Joaquín nos hace percibirlas mientras hablan, a través de diálogos intrascendentes a veces y con frecuencia confidenciales. En esas escenas conocemos en parte los sentimientos de uno y otro, sólo los sentimientos comunicables, además del crecimiento profesional de Abel y el repliegue personal de Joaquín, y lo conocemos con profusión de elementos e información prolija y con una pretendida objetividad. Como ya he anotado, en este nivel primero se da una visión resumida de los hechos de la vida de los personajes con el fin de eliminar lapsos de tiempo extensos, pero de poco interés para conocer al agonista.

Creo que por primera vez en las novelas de Miguel de Unamuno la alternancia focal se descompensa a favor de la visión del agonista, Joaquín Monegro, que domina en el texto por la intensificación del detalle y la prolijidad, al servicio del autoanálisis del personaje.

A través de su visión personalizada obtenemos una percepción completa, exhaustiva, pormenorizada de su mundo interior y un claroscuro, en sombra o silueta, de la figura de Abel. Conocemos todo lo que siente, imagina, teme o sufre y desea ansiosamente Joaquín, porque su introspección está al servicio del autoanálisis moral. Por el contrario, desconocemos casi todo de Abel, por la carencia de datos de primera mano que produce desinformación sobre qué siente, qué busca o a qué aspira el hermano bueno de la historia fratricida. En consecuencia su personalidad se presenta como ambigua, acaso débil, e indeterminada. Es indudable que la mirada escudriñadora de Joaquín, además de contemplar lo que no podíamos conocer sobre sí mismo, si el presentador se hubiera ceñido a lo que puede ver desde fuera, deja un vacío informativo sobre lo que se desconocía de Abel, vacío que refuerza su falta de caracterización psicológica en la novela. Pero, no es menos cierto, que cuando Joaquín Monegro mira hacia fuera introduce la duda, por sus constantes incursiones en las intenciones secretas y en los móviles de la vida de Abel. Se apoya sólo en datos procedentes de la observación desde fuera para hacer juicios de valor o deducciones sobre intenciones secretas.

El foco interior, identificado con la mirada de Joaquín y delimitado por su manera de percibir a los demás, se proyecta sobre la visión neutra de quien ve los hechos en el relato, y la alternancia de estos dos modos de mirar hace que se conozca mejor y más minuciosamente a quien escrudiña su alma, y paralelamente produce un ensombrecimiento comparativo de los otros seres de la ficción. Unamuno consigue crear así un contrapunto visual que introduce la duda sobre la bondad de Abel, porque el presentador nos muestra a este personaje de una manera, mientras que su amigo hace una valoración de su conducta que entra en conflicto con lo que sabemos.

Aparece así la duda de quién es Abel: ¿el que parece ser en su discurrir cotidiano, el que habla y se relaciona con los otros, o el que Joaquín piensa que es? Contrapunto visual que aprovecha Miguel de Unamuno, a la luz simbólica del relato bíblico, para envilecer la existencia de uno y aliviar la conducta del otro.

Así es cómo Joaquín Monegro escarba en lo inconfesable de su propia existencia, y creo que el autor monopoliza su mirada para captar la perversión moral del personaje en proceso, siendo. No se nos da un retrato psicológico hecho y completo, es la historia restringida de una pasión, siendo: «porque de nosotros mismos no vemos en nuestras entrañas sino el fango de que hemos sido hechos». Sabemos muy poco de Joaquín Monegro en los fragmentos confesionales, pero de su perversión moral, de su pasión, del odio, lo sabemos todo.

Al fin, este análisis introspectivo no es un desahogo, es la otra parte de sí mismo, la que sólo él puede ver: «una bajada a las simas de la vileza humana» (pág. 183), la visión que ignoraríamos si el agonista no la desentrañase con sus propios ojos.

En cuanto a la aportación que proporciona este foco interior para el conocimiento de Abel Sánchez o de personajes menores, como Helena o Antonia, he de anotar algo todavía: la interpretación cargada de subjetivismo que Joaquín da a los actos de Abel, llegando a garabatear un retrato dependiente, como si la vida del pintor no fuera sino la respuesta motivada por la conducta del médico: «Porque serás de este modo mío, mío, y vivirás lo que mi obra viva, y tu nombre irá por los suelos, por el fango, a rastras del mío» (pág. 184).

Sus interpretaciones morales van perfilando una figura distorsionada de Abel, que rectifica la que traza la mirada del narrador en el otro plano de la focalización. Los puntos de fricción de ambas visiones son definitivos, no pueden llegar a casarse el discurso convincente y razonable o la conducta relajada y cordial de Abel, con la valoración de esa conducta que reiteradamente hace su amigo. El mismo narrador anónimo subraya esa contradicción comentando las propias palabras de Joaquín: «¡Del envidioso! Pues Joaquín dio en creer que toda la pasión que bajo su aparente impasibilidad de egoísta animaba a Abel, era la envidia» (pág. 184).

Cuando oímos a Abel, o lo vemos moverse, observamos que sabe y piensa lo que dice, en contra de lo que Joaquín opina con su visión deformada: «habla y piensa como pinta, sin saber lo que dice y lo que pinta. Es un inconsciente» (pág. 128).

El conflicto de focos destapa el alma deformada de Monegro a la vez que vela la verdadera personalidad de Abel, que se percibe de forma imprecisa. El fuerte tono subjetivo de un código de visión, el confesional, y el buscado carácter neutro del otro código, el del relato-presentación, al concurrir en un mismo objeto producen una visión antitética que es la que estructura la relación fratricida de Joaquín y Abel, en este relato ficticio de Caín y Abel.

Como el conflicto no es excluyente se produce, otra vez, un estado plural de dos visiones superpuestas, con diferentes efectos para la percepción de uno u otro personaje: Joaquín aparece definitivamente arbitrario en sus apreciaciones, Abel, por el contrario, escurridizo en sus actuaciones. A esta dispar captación contribuye el detallado y moroso autoanálisis de los más imperceptibles movimientos anímicos de Joaquín, que deja en sombra la conciencia de Abel, a quien el lector conoce porque alguien lo observa mientras pinta, habla o va por la calle, pero nunca por el autoanálisis introspectivo. De su interioridad sólo tenemos la valoración reprobatoria que Monegro imagina.

La naturaleza del mundo visto por Joaquín y por la mirada sin identificar coinciden, sin embargo, en la selección del mundo que perciben: sólo conductas e interioridades humanas. Posiblemente en ninguna otra novela de Miguel de Unamuno el hombre exista tan desnudamente, tan sin entorno, sin apenas contexto y sin circunstancia. El hombre desnudo. Su autor ha renunciado al paisaje y a la delimitación de las circunstancias y ha optado por lo esencial, por el proceso humano de su agonista.

La delimitación del mundo percibido, el mundo del hombre, no presupone que sólo tengamos conocimiento de la interioridad, aunque sí el mayor conocimiento, porque es relato acezante de «acciones», es decir, conducta, movimiento, gesto y de «pasiones», es decir, proceso interior imperceptible. Y, ciertamente, ambos elementos, conducta escenificada o dramatizada e interioridad analizada, manifiestan lo perceptible e imperceptible del vivir y sufrir humanos.

Pero no importa dónde, no importa la localización, la circunstancia, y menos el paisaje en que existieron las vidas atormentadas. Cuando Joaquín Monegro recoge en su confesión la ceremonia nupcial de Helena y Abel, ningún elemento externo existe como tal dato, todo está interpretado. Posiblemente sea esta novela la que carece casi en absoluto de exterioridad, no sólo de circunstancia, incluso en el retrato físico de los personajes. Porque nada está visto en su apariencia, nada se manifiesta, todo se conoce desentrañado, sacado de los «sótanos o escondrijos del alma».

«Allí pondría toda su alma sin hablar de sí mismo; allí, para desnudar las almas de los otros, desnudaría la suya; allí se vengaría del mundo vil en que había tenido que vivir.» Allí en aquel «libro de alta literatura y de filosofía acibarada a la vez» (pág. 183) que un día iba a escribir un personaje-autor de Miguel de Unamuno que se llamó Joaquín Monegro. Allí, en ABEL SÁNCHEZ: HISTORIA DE UNA PASIÓN.

ISABEL CRIADO MIGUEL.

Salamanca, 28 de marzo de 1990.

BIBLIOGRAFÍA

La bibliografía sobre la obra narrativa de Miguel de Unamuno es extensa, pero mencionaremos aquí solamente una selección de los estudios más significativos en relación con la novela que nos ocupa. Huelga añadir que casi todos ellos abordan el estudio de ABEL SÁNCHEZ desde un punto de vista temático.

ABELLÁN, J. L.: Introducción a *Abel Sánchez,* Castalia, Madrid, 1990.

CABALEIRO GOAS, M.: *Werther, Mischkin y Joaquín Monegro vistos por un psiquiatra. Trilogía patográfica,* Ed. Apolo, Barcelona, 1951.

CASARES, J.: *Abel Sánchez, una historia de pasión,* en su libro *Crítica profana,* II, Madrid, 1919.

CLAVERÍA, C.: «El tema de Caín en la obra de Unamuno», en *Ínsula,* núm. 52, 1950.

COBB, C.: «Sobre la elaboración de Abel Sánchez», en *Cuadernos de la Cátedra Miguel de Unamuno,* XXII, 1972.

CRIADO MIGUEL, I.: *Las novelas de Miguel de Unamuno. Estudio Formal y crítico,* Universidad de Salamanca, Salamanca, 1986.

GARCÍA BLANCO, M.: *Obras Completas de Miguel de Unamuno,* Introducción, tomo II, Ed. Escelicer, Madrid, 1967.

JARNÉS, B.: «Caín y Epimeteo», en *Romance,* I, núm. 14, 1940.

MARÍAS, J.: *Miguel de Unamuno,* Espasa Calpe, Buenos Aires, 1950.

ROF CARBALLO, J: «Envidia y creación», en *Ínsula,* núm. 145, 1958.

SÁNCHEZ GRANJEL, L.: *Retrato de Unamuno,* Guadarrama, Madrid, 1957.

SERRANO PONCELA, S.: *El pensamiento de Unamuno,* F.C.E., México, 1953.

WILLS, A.: *España y Unamuno. Un ensayo de apreciación,* Nueva York, 1938.

ESTA EDICIÓN

En vida de Miguel de Unamuno se hicieron dos ediciones de ABEL SÁNCHEZ. UNA HISTORIA DE PASIÓN:

— *Abel Sánchez. Una historia de pasión*. Biblioteca Renacimiento, Madrid, 1917.
— Segunda edición. Biblioteca Renacimiento, Madrid, 1928. Esta edición incorpora un prólogo del autor fechado en Hendaya el 14 de julio de 1928, además de unas correcciones mínimas del texto que el propio Miguel de Unamuno incorporó.

En 1940, Espasa Calpe, Buenos Aires, publicó ABEL SÁNCHEZ. UNA HISTORIA DE PASIÓN en el número 112 de la Colección Austral. Esta edición incorpora un índice y, por razones que desconocemos, altera la puntüación de las anteriores e introduce pequeños cambios en el texto.

Dado que el texto de la segunda edición, Renacimiento, Madrid, 1928, fue corregido por Miguel de Unamuno, optamos por reproducirlo íntegramente alterando sólo la puntuación de interrogaciones y admiraciones, corrigiendo la acentuación y desdoblando la grafía g-j según la norma.

A pie de página anotamos también las variantes, aunque mínimas, de este texto y el de la primera edición, siempre que consideramos que se trata de algo más que la corrección de erratas.

Entre las ediciones posteriores a las reseñadas mencionamos la introducida y anotada por Manuel García Blanco, en el tomo II de las Obras Completas de Miguel de Unamuno. Editorial Escelicer, Madrid, 1967.

ABEL SÁNCHEZ. UNA HISTORIA DE PASIÓN, aunque no haya sido una de las novelas de Miguel de Unamuno más difundidas fuera de España, se tradujo al alemán ya en 1925, en 1927 al holandés, en 1928 al checo, y después de muerto el autor al francés, inglés e italiano.

ABEL SÁNCHEZ

UNA HISTORIA DE PASIÓN

Al morir Joaquín Monegro encontróse entre sus papeles una especie de Memoria de la sombría pasión que le hubo devorado en vida. Entremézclanse en este relato fragmentos tomados de esa confesión —así la rotuló—, y que vienen a ser al modo de comentario que se hacía Joaquín a sí mismo de su propia dolencia. Esos fragmentos van entrecomillados. La Confesión *iba dirigida a su hija.*

PRÓLOGO A ESTA SEGUNDA EDICIÓN

Al corregir las pruebas de esta segunda edición de mi Abel Sánchez: Una historia de pasión *—acaso estaría mejor:* historia de una pasión— *y corregirlas aquí, en el destierro fronterizo, a la vista pero fuera de mi dolorosa España, he sentido revivir en mí todas las congojas patrióticas de que quise librarme al escribir esta historia congojosa. Historia que no había querido volver a leer.*

La primera edición de esta novela no tuvo en un principio, dentro de España, buen suceso. Perjudicóle, sin duda, una lóbrega y tétrica portada alegórica que me empeñé en dibujar y colorear yo mismo; pero perjudicóle acaso más la tétrica lobreguez del relato mismo. El público no gusta que se llegue con el escalpelo a hediondas simas del alma humana y que se haga saltar pus.

Sin embargo, esta novela, traducida al italiano, al alemán y al holandés, obtuvo muy buen suceso en los países en que se piensa y siente en estas lenguas. Y empezó a tenerlo en los de nuestra lengua española. Sobre todo después que el joven crítico José A. Balseiro en el tomo II de El vigía *le dedicó un agudo ensayo. De tal modo que se ha hecho precisa esta segunda edición.*

Un joven norteamericano que prepara una tesis de doctorado sobre mi obra literaria me escribía hace poco preguntándome si saqué esta historia del Caín *de lord Byron, y tuve que contestarle que yo no he sacado mis ficciones novelescas —o nivolescas— de libros, sino de la vida social que siento y sufro —y gozo— en torno mío y de mi propia vida. Todos los personajes que crea un autor, si los crea con vida; todas las criaturas de un poeta, aun las más contradictorias entre sí —y contradictorias en sí mismas—, son hijas naturales y legítimas de su autor —¡feliz si autor de sus siglos!—, son partes de él.*

Al final de su vida atormentada, cuando se iba a morir, decía mi pobre Joaquín Monegro: «¿Por qué nací en tierra de odios? En tierra en que el precepto parece ser: "Odia a tu prójimo como a ti mismo." Porque he vivido odiándome; porque aquí todos vivimos odiándonos. Pero... traed al niño.» Y al volver a oírle a mi Joaquín esas palabras, por segunda vez y al cabo de los años —¡y qué años!— que separan estas dos ediciones, he sentido todo el horror de la calentura de la lepra nacional española, y me he dicho: «Pero... traed al niño.» Porque aquí, en esta mi nativa tierra vasca —francesa o española es igual— a la que he vuelto de largo asiento después de treinta y cuatro años que salí de ella, estoy reviviendo mi niñez. No hace tres meses escribía aquí:

Si pudiera recogerme del camino,
y hacerme uno de entre tantos como he sido;
si pudiera al cabo darte, Señor mío,
el que en mí pusiste cuando yo era niño...

Pero ¡qué trágica mi experiencia de la vida española! Salvador de Madariaga, comparando ingleses, franceses y españoles, dice que en el reparto de los vicios capitales de que todos padecemos, al inglés le tocó más hipocresía que a los otros dos, al francés más avaricia y al español más envidia. Y esta terrible envidia, phthonos *de los griegos, pueblo democrático y más bien demagógico, como el español, ha sido el fermento de la vida social española. Lo supo acaso mejor que nadie Quevedo; lo supo fray Luis de León. Acaso la soberbia de Felipe II no fue más que envidia. «La envidia nació en Cataluña», me decía una vez Cambó en la plaza Mayor de Salamanca. ¿Por qué no en España? Toda esa apestosa enemiga de los neutros, de los hombres de sus casas, contra los políticos, ¿qué es sino envidia? ¿De dónde nació la vieja Inquisición, hoy rediviva?*

Y al fin la envidia que yo traté de mostrar en el alma de mi Joaquín Monegro es una envidia trágica, una envidia que se defiende, una envidia que podría llamarse angélica; pero, ¿y esa otra envidia hipócrita, solapada, abyecta, que está devorando a lo más indefenso del alma de nuestro pueblo? ¿Esa envidia colectiva? ¿la envidia del auditorio que va al teatro a aplaudir las burlas a lo que es más exquisito o más profundo?

En estos años que separan las dos ediciones de esta mi historia de una pasión trágica —la más trágica acaso—, he sentido enconarse la lepra nacional y en estos cerca de cinco años que he tenido que vivir fuera de mi España he sentido cómo la vieja envidia tradicional —y tradicionalista— española, la castiza, la que agrió las gracias de Quevedo y las de Larra, ha llegado a constituir una especie de partidillo político, aunque, como todo lo vergonzante e hipócrita, desmedrado; he visto a la envidia constituir juntas defensivas, la he visto revolverse contra toda natural superioridad. Y ahora, al releer, por primera vez, mi Abel Sánchez *para corregir las pruebas de esta su segunda —y espero que no última— edición, he sentido la grandeza de la pasión de mi Joaquín Monegro y cuán superior es, moralmente, a todos los Abeles. No es Caín lo malo; lo malo son los cainitas. Y los abelitas.*

Mas como no quiero hurgar en viejas tristezas, en tristezas de viejo régimen —no más tristes que las del llamado nuevo— termino este prólogo escrito en el destierro, en la parte francesa de la tierra de mi niñez, pero a la vista de mi España, diciendo con mi pobre Joaquín Monegro: «¡Pero... traed al niño!»

MIGUEL DE UNAMUNO.

En Hendaya, el 14 de julio de 1928.

I

No recordaban Abel Sánchez y Joaquín Monegro desde cuándo se conocían. Eran conocidos desde antes de la niñez, desde su primera infancia, pues sus dos sendas nodrizas[1] se juntaban y los juntaban cuando aún ellos no sabían hablar. Aprendió cada uno de ellos a conocerse conociendo al otro. Y así vivieron y se hicieron juntos amigos desde nacimiento, casi más bien hermanos de crianza.

En sus paseos, en sus juegos, en sus otras amistades comunes, parecía dominar e iniciarlo todo Joaquín, el más voluntarioso; pero era Abel quien, pareciendo ceder, hacía la suya siempre. Y es que le importaba más no obedecer que mandar. Casi nunca reñían. «¡Por mí como tú quieras...?», le decía Abel a Joaquín, y éste se exasperaba a las veces porque con aquel «¡como tú quieras...!» esquivaba las disputas.

—¡Nunca me dices que no! —exclamaba Joaquín.

—¿Y para qué? —respondía el otro.

---

[1] En la primera edición: «desde *la* primera infancia, pues *ya* sus sendas nodrizas...».

—Bueno, éste no quiere que vayamos al Pinar —dijo una vez aquél, cuando varios compañeros se disponían a un paseo.

—¿Yo? ¡pues no he de quererlo...! —exclamó Abel—. Sí, hombre, sí; como tú quieras. ¡Vamos allá!

—¡No, como yo quiera, no! ¡Ya te he dicho otras veces que no! ¡Como yo quiera no! ¡Tú no quieres ir!

—Que sí, hombre...

—Pues entonces no lo quiero yo...

—Ni yo tampoco...

—Eso no vale —gritó ya Joaquín—. ¡O con él o conmigo!

Y todos se fueron con Abel, dejándole a Joaquín solo.

Al comentar éste en sus *Confesiones* tal suceso de la infancia, escribía: «Ya desde entonces era él simpático, no sabía por qué, y antipático yo, sin que se me alcanzara mejor la causa de ello, y me dejaban solo. Desde niño me aislaron mis amigos.»

Durante los estudios del bachillerato, que siguieron juntos, Joaquín era el empollón, el que iba a la caza de los premios, el primero en las aulas y el primero Abel fuera de ellas, en el patio del Instituto, en la calle, en el campo, en los novillos, entre los compañeros. Abel era el que hacía reír con sus gracias y, sobre todo, obtenía triunfos de aplauso por las caricaturas que de los catedráticos hacía. «Joaquín es mucho más aplicado, pero Abel es más listo... si se pusiera a estudiar...» Y este juicio común de los compañeros, sabido por Joaquín, no hacía sino envenenarle el corazón. Llegó a sentir la tentación de descuidar el estudio y tratar de vencer al otro en el otro campo, pero diciéndose: «¡bah!, qué saben ellos...», siguió fiel a su propio natural. Además, por más que procuraba aventajar al otro en ingenio y donosura no lo conseguía. Sus chistes no eran reídos y pasaba por ser fundamentalmente serio. «Tú eres fúnebre —solía decirle Federico Cuadrado—, tus chistes son chistes de duelo.»

Concluyeron ambos el bachillerato. Abel se dedicó a ser artista siguiendo el estudio de la pintura y Joaquín se matriculó en la Facultad de Medicina. Veíanse con frecuencia y hablaba cada uno al otro de los progresos que en sus respectivos estudios hacían, empeñándose Joaquín en probarle a Abel que la Medicina era también una arte, y hasta una arte bella, en que cabía inspiración poética. Otras veces, en cambio, daba en menospreciar las bellas artes, enervadoras del espíritu, exaltando la ciencia, que es la que eleva, fortifica y ensancha el espíritu con la verdad.

—Pero es que la Medicina tampoco es ciencia —le decía Abel—. No es sino una arte, una práctica derivada de ciencias.

—Es que yo no he de dedicarme al oficio de curar enfermos —replicaba Joaquín.

—Oficio muy honrado y muy útil... —añadía el otro.

—Sí, pero no para mí. Será todo lo honrado y todo lo útil que quieras, pero detesto esa honradez y esa utilidad. Para otros el hacer dinero tomando el pulso, mirando la lengua y recetando cualquier cosa. Yo aspiro a más.

—¿A más?

—Sí, yo aspiro a abrir nuevos caminos. Pienso dedicarme a la investigación científica. La gloria médica es de los que descubrieron el secreto de alguna enfermedad y no de los que aplicaron el descubrimiento con mayor o menor fortuna.

—Me gusta verte así, tan idealista.

—Pues qué, ¿crees que sólo vosotros, los artistas, los pintores, soñáis con la gloria?

—Hombre, nadie te ha dicho que yo sueñe con tal cosa...

—¿Que no? ¿pues por qué, si no, te has dedicado a pintar?

—Porque si se acierta es oficio que promete...

—¿Que promete?

—Vamos, sí, que da dinero.

—A otro perro con ese hueso, Abel. Te conozco desde que nacimos casi. A mí no me la das. Te conozco.

—¿Y he pretendido nunca engañarte?

—No, pero tú engañas sin pretenderlo. Con ese aire de no importarte nada, de tomar la vida en juego, de dársete un comino de todo, eres un terrible ambicioso...

—¿Ambicioso yo?

—Sí, ambicioso de gloria, de fama, de renombre... Lo fuiste siempre, de nacimiento. Sólo que solapadamente.

—Pero ven acá, Joaquín, y díme: ¿te disputé nunca tus premios?, ¿no fuiste tú siempre el primero en clase?, ¿el chico que promete?

—Sí, pero el gallito, el niño mimado de los compañeros, tú...

—¿Y qué iba yo a hacerle...?

—¿Me querrás hacer creer que no buscabas esa especie de popularidad...?

—Haberla buscado tú...

—¿Yo? ¿yo? ¡Desprecio a la masa!

—Bueno, bueno, déjame de esas tonterías y cúrate de ellas. Mejor será que me hables otra vez de tu novia.

—¿Novia?

—Bueno, de esa tu primita que quieres que lo sea.

Porque Joaquín estaba queriendo forzar el corazón de su prima Helena y había puesto en su empeño amoroso todo el ahínco de su ánimo reconcentrado y suspicaz. Y sus desahogos, los inevitables y saludables desahogos de enamorado en lucha, eran con su amigo Abel.

¡Y lo que Helena le hacía sufrir!

—Cada vez la entiendo menos —solía decirle a Abel—. Esa muchacha es para mí una esfinge...

—Ya sabes lo que decía Oscar Wilde, o quien fuese: que toda mujer es una esfinge sin secreto.

—Pues Helena parece tenerlo. Debe de querer a otro, aunque éste no lo sepa. Estoy seguro de que quiere a otro.

—¿Y por qué?

—De otro modo no me explico su actitud conmigo...

—Es decir, que porque no quiere quererte a ti... quererte para novio, que como primo sí te querrá...

—¡No te burles!

—Bueno, pues porque no quiere quererte para novio, o más claro, para marido, ¿tiene que estar enamorada de otro? ¡Bonita lógica!

—¡Yo me entiendo!

—Sí, y también yo te entiendo.

—¿Tú?

—¿No pretendes ser quien mejor me conoce? ¿Qué mucho, pues, que yo pretenda conocerte? Nos conocimos a un tiempo.

—Te digo que esa mujer me trae loco y me hará perder la paciencia. Está jugando conmigo. Si me hubiera dicho desde un principio que no, bien estaba, pero tenerme así, diciendo que lo verá, que lo pensará... ¡Esas cosas no se piensan... coqueta!

—Es que te está estudiando.

—¿Estudiándome a mí? ¿Ella? ¿Qué tengo yo que estudiar? ¿Qué puede ella estudiar?

—¡Joaquín, Joaquín, te estás rebajando y la estás rebajando...! ¿O crees que no más verte y oírte y saber que la quieres y ya debía rendírsete?

—Sí, siempre he sido antipático...

—Vamos, hombre, no te pongas así...

—¡Es que esa mujer está jugando conmigo! Es que no es noble jugar así con un hombre, como yo, franco, leal, abierto, ... ¡Pero si vieras qué hermosa está! ¡Y cuanto más fría y más desdeñosa se pone más hermosa! ¡Hay veces que no sé si la quiero o la aborrezco más...! ¿Quieres que te presente a ella...?

—Hombre, si tú...

—Bueno, os presentaré.

—Y si ella quiere...

—¿Qué?

—Le haré un retrato.

—¡Hombre, sí!

Mas aquella noche durmió Joaquín mal rumiando lo del retrato, pensando en que Abel Sánchez, el simpático sin proponérselo, el mimado del favor ajeno, iba a retratarle a Helena. ¿Qué saldría de allí? ¿Encontraría también Helena, como sus compañeros de ellos, más simpático a Abel? Pensó negarse a la presentación, mas como ya se la había prometido...

II

—¿Qué tal te pareció mi prima? —le preguntaba Joaquín a Abel al día siguiente de habérsela presentado y propuesto a ella, a Helena, lo del retrato, que acogió alborozada de satisfacción.

—Hombre, ¿quieres la verdad?

—La verdad siempre, Abel; si nos dijéramos siempre la verdad, toda la verdad, esto sería el paraíso.

—Sí, y si se la dijera cada cual a sí mismo...

—¡Bueno, pues la verdad!

—La verdad es que tu prima y futura novia, acaso esposa, Helena, me parece una pava real..., es decir, un pavo real hembra... Ya me entiendes...

—Sí, te entiendo.

—Como no sé expresarme bien más que con el pincel...

—Y vas a pintar la pava real, o el pavo real hembra, haciendo la rueda acaso, con su cola llena de ojos, su cabecita...

—¡Para modelo, excelente! ¡Excelente, chico! ¡Qué ojos! ¡Qué boca! Esa boca carnosa y a la vez fruncida..., esos ojos que no miran... ¡Qué cuello! ¡Y sobre todo qué color de tez! Si no te incomodas...

—¿Incomodarme yo?

—Te diré que tiene un color como de india brava, o mejor, de fiera indómita. Hay algo, en el mejor sentido, de pantera en ella. Y todo ello fríamente.

—¡Y tan fríamente!

—Nada, chico, que espero hacerte un retrato estupendo.

—¿A mí? ¿Será a ella?

—No, el retrato será para ti, aunque de ella.

—¡No, eso no, el retrato será para ella!

—Bien, para los dos. Quién sabe... Acaso con él os una.

—Vamos, sí, que de retratista pasas a...

—A lo que quieras, Joaquín, a celestino, con tal de que dejes de sufrir así. Me duele verte de esa manera.

Empezaron las sesiones de pintura, reuniéndose los tres. Helena se posaba en su asiento solemne y fría, henchida de desdén, como una diosa llevada por el destino. «¿Puedo hablar?», preguntó el primer día, y Abel le contestó: «Sí, puede usted hablar y moverse; para mí es mejor que hable y se mueva, porque así vive la fisonomía... Esto no es fotografía, y además no la quiero hecha estatua...» Y ella hablaba, hablaba, pero moviéndose poco y estudiando la postura. ¿Qué hablaba? Ellos no lo sabían. Porque uno y otro no hacían sino devorarla con los ojos; la veían, no la oían hablar.

Y ella hablaba, hablaba, por creer de buena educación no estarse callada, y hablaba zahiriendo a Joaquín cuanto podía.

—¿Qué tal vas de clientela, primito? —le preguntaba.

—¿Tanto te importa eso?...

—¡Pues no ha de importarme, hombre, pues no ha de importarme...! Figúrate...

—No, no me figuro.

—Interesándote tú tanto como por mí te interesas, no cumplo con menos que con interesarme yo por ti. Y, además, quién sabe...

—¿Quién sabe, qué?

—Bueno, dejen eso —interrumpió[2] Abel—; no hacen sino regañar.

—Es lo natural —decía Helena— entre parientes... Y además, dicen que así se empieza.

—¿Se empieza, qué? —preguntó Joaquín.

—Eso tú lo sabrás, primo, que tú has empezado.

—¡Lo que voy a hacer es acabar!

—Hay varios modos de acabar, primo.

—Y varios de empezar.

—Sin duda. ¿Qué, me descompongo con este floreteo, Abel?

—No, no, todo lo contrario. Este floreteo, como le llama, le da más expresión a la mirada y al gesto. Pero...

---

[2] En la primera edición: «—*interrumpía* Abel;—».

A los dos días tuteábanse ya Abel y Helena; lo había querido así Joaquín, que al tercer día faltó a una sesión.

—A ver, a ver cómo va eso —dijo Helena levantándose para ir a ver el retrato.

—¿Qué te parece?

—Yo no entiendo, y además no soy quien mejor puede saber si se me parece o no.

—¿Qué? ¿No tienes espejo? ¿No te has mirado a él?

—Sí, pero...

—¿Pero qué...?

—Qué sé yo...

—¿No te encuentras bastante guapa en este espejo?

—No seas adulón.

—Bien, se lo preguntaremos a Joaquín.

—No me hables de él, por favor. ¡Qué pelma!

—Pues de él he de hablarte.

—Entonces me marcho...

—No, y oye. Está muy mal lo que estás haciendo con ese chico.

—¡Ah! ¿Pero ahora vienes a abogar por él? ¿Es esto del retrato un achaque?

—Mira, Helena, no está bien que estés así, jugando con tu primo. Él es algo, vamos, algo...

—¡Sí, insoportable!

—No, él es reconcentrado, altivo por dentro, terco, lleno de sí mismo, pero es bueno, honrado a carta cabal, inteligente, le espera un brillante porvenir en su carrera, te quiere con delirio...

—¿Y si a pesar de todo eso no le quiero yo?

—Pues debes entonces desengañarle.

—¡Y poco que le he desengañado! Estoy harta de decirle que me parece un buen chico, pero que por eso, porque me parece un buen chico, un excelente primo —y no quiero hacer un chiste—, por eso no le quiero para novio con lo que luego viene.

—Pues él dice...

—Si él te ha dicho otra cosa, no te ha dicho la verdad, Abel. ¿Es que voy a despedirle y prohibirle que me hable siendo como es mi primo? ¡Primo! ¡Qué gracia!

—No te burles así.

—Si es que no puedo...

—Y él sospecha más, y es que se empeña en creer que puesto que no quieres quererle a él, estás en secreto enamorada de otro...

—¿Eso te ha dicho?

—Sí, eso me ha dicho.

Helena se mordió los labios, se ruborizó y calló un momento.

—Sí, eso me ha dicho —repitió Abel, descansando la diestra sobre el tiento que apoyaba en el lienzo, y mirando fijamente a Helena, como queriendo adivinar el sentido de algún rasgo de su cara.

—Pues si se empeña...

—¿Qué...?

—Que acabará por conseguir que me enamore dc algún otro...

Aquella tarde no pintó ya más Abel. Y salieron novios.

III

El éxito del retrato de Helena por Abel fue clamoroso. Siempre había alguien contemplándolo frente al escaparate en que fue expuesto. «Ya tenemos un gran pintor más», decían. Y ella, Helena, procuraba pasar junto al lugar en que su retrato se exponía para oír los comentarios y paseábase por las calles de la ciudad como un inmortal retrato viviente, como una obra de arte haciendo la rueda. ¿No había acaso nacido para eso?

Joaquín apenas dormía.

—Está peor que nunca —le dijo a Abel—. Ahora es cuando juega conmigo. ¡Me va a matar!

—¡Naturalmente! Se siente ya belleza profesional...

—¡Sí, la has inmortalizado! ¡Otra Joconda!

—Pero tú, como médico, puedes alargarle la vida...

—O acortársela.

—No te pongas así, trágico.

—¿Y qué voy a hacer, Abel, qué voy a hacer...?

—Tener paciencia...

—Además, me ha dicho cosas de donde he sacado que le has contado lo de que la creo enamorada de otro...

—Fue por hacer tu causa...

—Por hacer mi causa... Abel, Abel, tú estás de acuerdo con ella..., vosotros me engañáis...

—¿Engañarte? ¿En qué? ¿Te ha prometido algo?

—¿Y a ti?

—¿Es tu novia acaso?

—¿Y es ya la tuya?

Callóse Abel, mudándosele la color.

—¿Lo ves? —exclamó Joaquín, balbuciente y tembloroso—. ¿Lo ves?

—¿El qué?

—¿Y lo negarás ahora? ¿Tendrás cara para negármelo?

—Pues bien, Joaquín, somos amigos de antes de conocernos, casi hermanos...

—Y al hermano, puñalada trapera, ¿no es eso?

—No te sulfures así; ten paciencia...

—¿Paciencia? ¿Y qué es mi vida sino continua paciencia, continuo padecer?... Tú el simpático, tú el festejado, tú el vencedor, tú el artista... Y yo...

Lágrimas que le reventaron en los ojos cortáronle la palabra.

—¿Y qué iba a hacer, Joaquín, qué querías que hiciese...?

—¡No haberla solicitado, pues que la quería yo...!

—Pero si ha sido ella, Joaquín, si ha sido ella...

—Claro, a ti, al artista, al afortunado, al favorito de la fortuna, a ti son ellas las que te solicitan. Ya la tienes pues...

—Me tiene ella, te digo.

—Sí, ya te tiene la pava real, la belleza profesional, la Joconda... Serás su pintor... La pintarás en todas posturas y en todas formas, a todas las luces, vestida y sin vestir...

—¡Joaquín!

—Y así la inmortalizarás. Vivirá tanto como tus cuadros vivan. Es decir, ¡vivirá, no! Porque Helena no vive; durará. Durará como el mármol, de que es. Porque es de piedra, fría y dura, fría y dura como tú. ¡Montón de carne...!

—No te sulfures, te he dicho.

—¡Pues no he de sulfurarme, hombre, pues no he de sulfurarme! ¡Esto es una infamia, una canallada!

Sintióse abatido y calló, como si le faltaran palabras para la violencia de su pasión.

—Pero ven acá, hombre —le dijo Abel con su voz más dulce, que era la más terrible— y reflexiona. ¿Iba yo a hacer que te quisiese si ella no quiere quererte? Para novio no le eres...

—Sí, no soy simpático a nadie; nací condenado.

—Te juro, Joaquín...

—¡No jures!

—Te juro que si en mí solo consistiese, Helena sería tu novia, y mañana tu mujer. Si pudiese cedértela...

—Me la venderías por un plato de lentejas, ¿no es eso?

—¡No, vendértela, no! Te la cedería gratis y gozaría en veros felices, pero...

—Sí, que ella no me quiere y te quiere a ti, ¿no es eso?

—¡Eso es!

—Que me rechaza a mí, que la buscaba, y te busca a ti, que la rechazabas.

—¡Eso! Aunque no lo creas; soy un seducido.

—¡Qué manera de darte postín! ¡Me das asco!

—¿Postín?

—Sí, ser así, seducido, es más que ser seductor. ¡Pobre víctima! Se pelean por ti las mujeres...

—No me saques de quicio, Joaquín...

—¿A ti? ¿Sacarte a ti de quicio? Te digo que esto es una canallada, una infamia, un crimen... ¡Hemos acabado para siempre!

Y luego, cambiando de tono, con lágrimas insondables en la voz:

—Ten compasión de mí, Abel, ten compasión. Ve que todos me miran de reojo, ve que todos son obstáculos para mí... Tú eres joven, afortunado, mimado, te sobran mujeres... Déjame a Helena, mira que no sabré dirigirme a otra... Déjame a Helena...

—Pero si ya te la dejo...

—Haz que me oiga; haz que me conozca; haz que sepa que muero por ella, que sin ella no viviré...

—No la conoces...

—¡Sí, os conozco! Pero, por Dios, júrame que no has de casarte con ella...

—¿Y quién ha hablado de casamiento?

—¿Ah, entonces es por darme celos nada más? Si ella no es más que una coqueta... peor que una coqueta, una...

—¡Cállate! —rugió Abel.

Y fue tal el rugido, que Joaquín se quedó callado, mirándole.

—Es imposible, Joaquín; ¡contigo no se puede! ¡Eres imposible!

Y Abel marchóse.

«Pasé una noche horrible —dejó escrito en su *Confesión* Joaquín— volviéndome a un lado y otro de la cama, mordiendo a ratos la almohada, levantándome a beber agua del jarro del lavabo. Tuve fiebre. A ratos me amodorraba en sueños acerbos. Pensaba matarles y urdía mentalmente, como si se tratase de un drama o de una novela que iba componiendo, los detalles de mi sangrienta venganza, y tramaba diálogos con ellos. Parecíame que Helena había querido afrentarme y nada más, que había enamorado a Abel por menosprecio a mí, pero que no podía, montón de carne al espejo, querer a nadie. Y la deseaba más que nunca y con más furia que nunca. En alguna de las interminables modorras de aquella noche me soñé poseyéndola y junto al cuerpo frío e inerte de Abel. Fue una tempestad de malos deseos, de cóleras, de apetitos sucios, de rabia. Con el día y el cansancio de tanto sufrir volvióme la reflexión, comprendí que no tenía derecho alguno a Helena, pero empecé a odiar a Abel con toda mi alma y a proponerme a la vez ocultar ese odio, abonarlo, criarlo, cuidarlo en lo recóndito de las entrañas de mi alma. ¿Odio? Aún no quería darle su nombre, ni quería reconocer que nací, predestinado, con su masa y con su semilla. Aquella noche nací al infierno de mi vida.»

IV

—Helena —le decía Abel—, ¡eso de Joaquín me quita el sueño...!

—¿El qué?

—Cuando le diga que vamos a casarnos no sé lo que va a ser. Y eso que parece ya tranquilo y como si se resignase a nuestras relaciones...

—¡Sí, bonito es él para resignarse!

—La verdad es que esto no estuvo del todo bien.

—¿Qué? ¿También tú? ¿Es que vamos a ser las mujeres como bestias, que se dan y prestan y alquilan y venden?

—No, pero...

—¿Pero qué?

—Que fue él quien me presentó a ti, para que te hiciera el retrato, y me aproveché...

—¡Y bien aprovechado! ¿Estaba yo acaso comprometida con él? ¡Y aunque lo hubiese estado! Cada cual va a lo suyo.

—Sí, pero...

—¿Qué? ¿Te pesa? Pues por mí... Aunque si aún[3] me dejases ahora, ahora que estoy comprometida y todas saben que eres mi novio oficial y que me vas a pedir un día de éstos, no

---

[3] En la primera edición: «si *tu* me dejases».

por eso buscaría a Joaquín, ¡no! ¡Menos que nunca! Me sobrarían pretendientes, así, como los dedos de las manos —y levantaba sus dos largas manos, de ahusados dedos, aquellas manos que con tanto amor pintara Abel, y sacudía los dedos, como si revolotearan.

Abel le cogió las dos manos en las recias suyas, se las llevó a la boca y las besó alargadamente. Y luego en la boca...

—¡Estáte quieto, Abel!

—Tienes razón, Helena, no vamos a turbar nuestra felicidad pensando en lo que sienta y sufra por ella el pobre Joaquín...

—¿Pobre? ¡No es más que un envidioso!

—Pero hay envidias, Helena...

—¡Que se fastidie!

Y después de una pausa llena de un negro silencio:

—Por supuesto, le convidaremos a la boda...

—¡Helena!

—¿Y qué mal hay en ello? Es mi primo, tu primer amigo, a él debemos el habernos conocido. Y si no le convidas tú, le convidaré yo. ¿Que no va? ¡Mejor! ¿Que va? ¡Mejor que mejor!

V

Al anunciar Abel a Joaquín su casamiento, éste dijo:

—Así tenía que ser. Tal para cual.

—Pero bien comprendes...

—Sí, lo comprendo, no me creas un demente o un furioso; lo comprendo, está bien, que seáis felices... Yo no lo podré ser ya...

—Pero, Joaquín, por Dios, por lo que más quieras...

—Basta y no hablemos más de ello. Haz feliz a Helena y que ella te haga feliz... Os he perdonado ya...

—¿De veras?

—Sí, de veras. Quiero perdonaros. Me buscaré mi vida.

—Entonces me atrevo a convidarte a la boda, en mi nombre...

—Y en el de ella, ¿eh?

—Sí, en el de ella también.

—Lo comprendo. Iré a realzar vuestra dicha. Iré.

Como regalo de boda mandó Joaquín a Abel un par de magníficas pistolas damasquinadas, como para un artista.

—Son para que te pegues un tiro cuando te canses de mí —le dijo Helena a su futuro marido.

—¡Qué cosas tienes, mujer!

—Quién sabe sus intenciones... Se pasa la vida tramándolas...

«En los días que siguieron a aquel en que me dijo que se casaban —escribió en su *Confesión* Joaquín— sentí como si el alma toda se me helase. Y el hielo me apretaba el corazón. Eran como llamas de hielo. Me costaba respirar. El odio a Helena, y sobre todo, a Abel, porque era odio, odio frío cuyas raíces me llenaban el ánimo, se me había empedernido. No era una mala planta, era un témpano que se me había clavado en el alma; era, más bien, mi alma toda congelada en aquel odio. Y un hielo tan cristalino, que lo veía todo a su través con una claridad perfecta. Me daba acabada cuenta de que razón, lo que se llama razón, eran ellos los que la tenían; que yo no podía alegar derecho alguno sobre ella; que no se debe ni se puede forzar el afecto de una mujer; que, pues se querían, debían unirse. Pero sentía también confusamente que fui yo quien les llevó no sólo a conocerse, sino a quererse, que fue por desprecio a mí por lo que se entendieron, que en la resolución de Helena entraba por mucho el hacerme rabiar y sufrir, el darme dentera, el rebajarme a Abel, y en la de éste el soberano egoísmo que nunca le dejó sentir el sufrimiento ajeno. Ingenuamente, sencillamente no se daba cuenta de que existieran otros. Los demás éramos para él, a lo sumo, modelos para sus cuadros. No sabía ni odiar; tan lleno de sí vivía.

»Fui a la boda con el alma escarchada de odio, el corazón garapiñado en hielo agrio pero sobrecogido de un mortal terror, temiendo que al oír el sí de ellos, el hielo se me resquebrajara y hendido el corazón quedase allí muerto o imbécil. Fui a ella como quien va a la muerte. Y lo que me ocurrió fue más mortal que la muerte misma; fue peor, mucho peor que morirse. Ojalá me hubiese entonces muerto allí.

»Ella estaba hermosísima. Cuando me saludó sentí que una espada de hielo, de hielo dentro del hielo de mi corazón, junto a la cual aún era tibio el mío, me lo atravesaba; era la sonrisa insolente de su compasión. *¡Gracias!,* me dijo, y entendí: *¡Pobre Joaquín!* Él, Abel, él ni sé si me vio. "Comprendo tu sacrificio" —me dijo, por no callarse. "No, no hay tal —le repliqué—; te dije que vendría y vengo; ya ves que soy razonable; no podía faltar a mi amigo de siempre, a mi hermano." Debió de parecerle interesante mi actitud, aunque poco pictórica. Yo era allí el convidado de piedra.

»Al acercarse el momento fatal yo contaba los segundos. "¡Dentro de poco —me decía— ha terminado para mí todo!" Creo que se me paró el corazón. Oí claros y distintos los dos *sis,* el de él y el de ella. Ella me miró al pronunciarlo. Y quedé más frío que antes, sin un sobresalto, sin una palpitación, como si nada que me tocase hubiese oído. Y ello me llenó de infernal terror a mí mismo. Me sentí peor que un monstruo, me sentí como si no existiera, como si no fuese nada más que un pedazo de hielo, y esto para siempre. Llegué a palparme la carne, a pellizcármela, a tomarme el pulso. "¿Pero estoy vivo? ¿Y soy yo?" —me dije.

»No quiero recordar todo lo que sucedió aquel día. Se despidieron de mí y fuéronse a su viaje de luna de miel. Yo me hundí en mis libros, en mi estudio, en mi clientela, que empezaba ya a tenerla. El despejo mental que me dio aquel golpe de lo ya irreparable, el descubrimiento en mí mismo de que no hay alma, moviéronme a buscar en el estudio, no ya consuelo —consuelo, ni lo necesitaba ni lo quería—, sino apoyo para una ambición inmensa. Tenía que aplastar con la fama de mi nombre la fama, ya incipiente, de Abel; mis descubrimientos científicos, obra de arte, de verdadera poesía, tenían que hacer sombra a sus cuadros. Tenía que llegar a comprender un día Helena que era yo, el médico, el antipático, quien habría de darle aureola de gloria, y no él, no el pintor. Me hundí en el estudio. ¡Hasta llegué a creer que los olvidaría! ¡Quise hacer de la ciencia un narcótico y a la vez un estimulante!»

VI

Al poco de haber vuelto los novios de su viaje de luna de miel, cayó Abel enfermo de alguna gravedad y llamaron a Joaquín a que le viese y le asistiese.

—Estoy muy intranquila, Joaquín —le dijo Helena—; anoche no ha hecho sino delirar, y en el delirio no hacía sino llamarte.

Examinó Joaquín con todo cuidado y minucia a su amigo, y luego, mirando ojos a ojos a su prima, le dijo:

—La cosa es grave, pero creo que le salvaré. Yo soy quien no tiene salvación ya.

—Sí, sálvamelo —exclamó ella—. Y ya sabes...

—¡Sí, lo sé todo! —y se salió.

Helena se fue al lecho de su marido, le puso una mano sobre la frente, que le ardía, y se puso a temblar. «¡Joaquín, Joaquín —deliraba Abel—, perdónanos, perdóname!»

—¡Calla —le dijo casi al oído Helena—, calla!; ha venido a verte y dice que te curará, que te sanará... Dice que te calles...

—¿Que me curará...? —añadió maquinalmente el enfermo.

Joaquín llegó a su casa también febril, pero con una especie de fiebre de hielo. «¡Y si se muriera...!», pensaba. Echóse vestido sobre la cama y se puso a imaginar escenas de lo que acaecería si Abel se muriese: el luto de Helena, sus entrevistas con la viuda, el remordimiento de ésta, el descubrimiento por parte de ella de quién era él, Joaquín, y de cómo, con qué violencia necesitaba el desquite y la necesitaba a ella, y cómo caía al fin ella en sus brazos y reconocía que lo otro, la traición, no había sido sino una pesadilla, un mal sueño de coqueta; que siempre le había querido a él, a Joaquín y no a otro. «¡Pero no se morirá!», se dijo luego. «¡No dejaré yo que se muera, no debo dejarlo, está comprometido mi honor, y luego... necesito que viva!»

Y al decir este: «¡necesito que viva!», temblábale toda el alma, como tiembla el follaje de una encina a la sacudida del huracán.

«Fueron unos días atroces aquellos de la enfermedad de Abel —escribía en su *Confesión* el otro—, unos días de tortura increíble. Estaba en mi mano dejarle morir, aún más, hacerle morir sin que nadie lo sospechase, sin que de ello quedase rastro alguno. He conocido en mi práctica profesional casos de extrañas muertes misteriosas que he podido ver luego iluminadas al trágico fulgor de sucesos posteriores, una nueva boda de la viuda y otros así. Luché entonces como no he luchado nunca conmigo

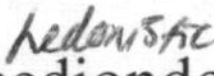

mismo, con ese hediondo dragón que me ha envenenado y entenebrecido la vida. Estaba allí comprometido mi honor de médico, mi honor de hombre, y estaba comprometida mi salud mental, mi razón. Comprendí que me agitaba bajo las garras de la locura; vi el espectro de la demencia haciendo sombra en mi corazón. Y vencí. Salvé a Abel de la muerte. Nunca he estado más feliz, más acertado. El exceso de mi infelicidad me hizo estar felicísimo de acierto.»

—Ya está fuera de todo cuidado tu... marido —le dijo un día Joaquín a Helena.

—Gracias, Joaquín, gracias —y le cogió la mano, que él se la dejó entre las suyas—; no sabes cuánto te debemos...

—Ni vosotros sabéis cuánto os debo...

—Por Dios, no seas así... ahora que tanto te debemos, no volvamos a eso...

—No, si no vuelvo a nada. Os debo mucho. Esta enfermedad de Abel me ha enseñado mucho, pero mucho...

—¿Ah, le tomas como a un caso?

—¡No, Helena, no; el caso soy yo!

—Pues no te entiendo.

—Ni yo del todo. Y te digo que estos días luchando por salvar a tu marido...

—¡Di a Abel!

—Bien, sea; luchando por salvarle he estudiado con su enfermedad la mía y vuestra felicidad y he decidido... ¡casarme!

—¿Ah, pero tienes novia?

—No, no la tengo aún, pero la buscaré. Necesito un hogar. Buscaré mujer. ¿O crees tú, Helena, que no encontraré una mujer que me quiera?

—¡Pues no la has de encontrar, hombre, pues no la has de encontrar...!

—Una mujer que me quiera, digo.

—¡Sí, te he entendido, una mujer que te quiera, sí!

—Porque como partido...

—Sí, sin duda eres un buen partido... joven, no pobre, con una buena carrera, empezando a tener fama, bueno...

—Bueno... sí, y antipático, ¿no es eso?

—¡No, hombre, no; tú no eres antipático!

—¡Ay, Helena, Helena!, ¿dónde encontraré una mujer?...

—¿Que te quiera?

—No, sino que no me engañe, que me diga la verdad, que no se burle de mí, Helena, ¡que no se burle de mí...! Que se case conmigo por desesperación, porque yo la mantenga, pero que me lo diga...

—Bien has dicho que estás enfermo, Joaquín. ¡Cásate!

—¿Y crees, Helena, que hay alguien, hombre o mujer, que pueda quererme?

—No hay nadie que no pueda encontrar quien le quiera.

—¿Y querré yo a mi mujer? ¿Podré quererla?, ¿dime?

—Hombre, pues no faltaba más...

—Porque mira, Helena, no es lo peor no ser querido, no poder ser querido; lo peor es no poder querer.

—Eso dice don Mateo, el párroco, del demonio, que no puede querer.

—Y el demonio anda por la tierra, Helena.

—Cállate y no me digas esas cosas.

—Es peor que me las diga a mí mismo.

—¡Pues cállate!

VII

Dedicóse Joaquín, para salvarse, requiriendo amparo a su pasión, a buscar mujer, los brazos maternales de una esposa en que defenderse de aquel odio que sentía, un regazo en que esconder la cabeza, como un niño que siente terror al coco, para no ver los ojos infernales del dragón de hielo.

¡Aquella pobre Antonia!

Antonia había nacido para madre; era todo ternura, todo compasión. Adivinó en Joaquín, con divino instinto, un enfermo, un inválido del alma, un poseso, y sin saber de qué, enamoróse de su desgracia. Sentía un misterioso atractivo en las palabras frías y cortantes de aquel médico que no creía en la virtud ajena.

Antonia era la hija única de una viuda a que asistía Joaquín.

—¿Cree usted que saldrá de ésta? —le preguntaba a él.

—Lo veo difícil, muy difícil. Está la pobre muy trabajada, muy acabada; ha debido de sufrir mucho... Su corazón está muy débil...

—¡Sálvemela usted, don Joaquín, sálvemela usted, por Dios! ¡Si pudiera daría mi vida por la suya!

—No, eso no se puede. Y, además, ¿quién sabe? La vida de usted, Antonia, ha de hacer más falta que la suya...

—¿La mía? ¿Para qué? ¿Para quién?

—¡Quién sabe...!

Llegó la muerte de la pobre viuda.

—No ha podido ser, Antonia —dijo Joaquín—. ¡La ciencia es impotente!

—¡Sí, Dios lo ha querido!

—¿Dios?

—Ah —y los ojos bañados en lágrimas de Antonia clavaron su mirada en los de Joaquín, enjutos y acerados—. ¿Pero usted no cree en Dios?

—¿Yo...? ¡No lo sé...!

A la pobre huérfana la compunción de piedad que entonces sintió por el médico aquel le hizo olvidar por un momento la muerte de su madre.

—Y si yo no creyera en Él, ¿qué haría ahora?

—La vida todo lo puede, Antonia.

—¡Puede más la muerte! Y ahora... tan sola... sin nadie...

—Eso sí, la soledad es terrible. Pero usted tiene el recuerdo de su santa madre, el vivir para encomendarla a Dios... ¡Hay otra soledad mucho más terrible!

—¿Cuál?

—La de aquel a quien todos menosprecian, de quien todos se burlan... La del que no encuentra quien le diga la verdad...

—¿Y qué verdad quiere usted que se le diga?

—¿Me la dirá usted, ahora, aquí, sobre el cuerpo aún tibio de su madre? ¿Jura usted decírmela?

—Sí, se la diré.

—Bien, yo soy un antipático, ¿no es así?

—¡No, no es así!

—La verdad, Antonia...

—¡No, no es así!

—Pues ¿qué soy...?

—¿Usted? Usted es un desgraciado, un hombre que sufre...

Derritiósele a Joaquín el hielo y asomáronsele unas lágrimas a los ojos. Y volvió a temblar hasta las raíces del alma.

Poco después Joaquín y la huérfana formalizaban sus relaciones, dispuestos a casarse luego que pasase el año de luto de ella.

«Pobre mi mujercita —escribía, años después, Joaquín en su *Confesión*— empeñada en quererme y en curarme, en vencer la repugnancia que sin duda yo debía de inspirarle. Nunca me lo dijo, nunca me lo dio a entender, pero ¿podía no inspirarle yo repugnancia, sobre todo cuando le descubrí la lepra de mi alma, la gangrena de mis odios? Se casó conmigo como se habría casado con un leproso, no me cabe duda de ello, por divina piedad, por espíritu de abnegación y de sacrificio cristianos, para salvar mi alma y así salvar la suya, por heroísmo de santidad. ¡Y fue una santa! ¡Pero no me curó de

Helena; no me curó de Abel! Su santidad fue para mí un remordimiento más.

»Su mansedumbre me irritaba. Había veces en que, ¡Dios me perdone!, la habría querido mala, colérica, despreciativa.»

VIII

En tanto la gloria artística de Abel seguía creciendo y confirmándose. Era ya uno de los pintores de más nombradía de la nación toda, y su renombre empezaba a traspasar las fronteras. Y esa fama creciente era como una granizada desoladora en el alma de Joaquín. «Sí, es un pintor muy científico; domina la técnica; sabe mucho, mucho; es habilísimo» —decía de su amigo, con palabras que silbaban. Era un modo de fingir exaltarle deprimiéndole.

Porque él, Joaquín, presumía ser un artista, un verdadero poeta en su profesión, un clínico genial, creador, intuitivo, y seguía soñando con dejar su clientela para dedicarse a la ciencia pura, a la patología teórica, a la investigación. ¡Pero ganaba tanto...!

«No era, sin embargo, la ganancia —dice en su *Confesión* póstuma— lo que más me impedía dedicarme a la investigación científica. Tirábame a ésta por un lado el deseo de adquirir fama y renombre, de hacerme una gran reputación científica y asombrar con ella la artística de Abel, de castigar así a Helena, de vengarme de ellos, de ellos y de todos los demás, y aquí encadenaba los más locos de mis ensueños, mas por otra parte, esa misma pasión fangosa, el exceso de mi despecho y mi odio me quitaban serenidad de espíritu. No, no tenía el ánimo para el estudio, que lo requiere limpio y tranquilo. La clientela me distraía.

»La clientela me distraía, pero a veces temblaba pensando que el estado de distracción en que mi pasión me tenía preso me impidiera prestar el debido cuidado a las dolencias de mis pobres enfermos.

»Ocurrióme un caso que me sacudió las entrañas. Asistía a una pobre señora, enferma de algún riesgo, pero no caso desesperado, a la que él había hecho un retrato, un retrato magnífico, uno de sus mejores retratos, de los que han quedado como definitivos de entre los que ha pintado, y aquel retrato era lo primero que se me venía a los ojos y al odio así que entraba en la casa de la enferma. Estaba viva en el retrato, más viva que en el lecho de la carne y hueso sufrientes. Y el retrato parecía decirme: "¡Mira, él me ha dado vida para siempre! a ver si tú me alargas esta otra de aquí abajo." Y junto a la pobre enferma, auscultándola, tomándole el pulso, no veía sino a la otra, a la retratada. Estuve torpe, torpísimo, y la pobre enferma se me murió; la dejé morir más bien, por mi torpeza, por mi criminal distracción. Sentí horror de mí mismo, de mi miseria.

»A los pocos días de muerta la señora aquella, tuve que ir a su casa, a ver allí otro enfermo, y entré dispuesto a no mirar el retrato.

Pero era inútil, porque era él, el retrato el que me miraba aunque yo no le mirase y me atraía la mirada. Al despedirme me acompañó hasta la puerta el viudo. Nos detuvimos al pie del retrato, y yo, como empujado por una fuerza irresistible y fatal, exclamé:

»—¡Magnífico retrato! ¡Es de lo mejor que ha hecho Abel!

»—Sí —me contestó el viudo—, es el mayor consuelo que me queda. Me paso largas horas contemplándola. Parece como que me habla.

»—¡Sí, sí —añadí— este Abel es un artista estupendo!

»Y al salir me decía: "¡Yo la dejé morir y él la resucita!"»

Sufría Joaquín mucho cada vez que se le moría alguno de sus enfermos, sobre todo los niños, pero la muerte de otros le tenía sin grave cuidado. «¿Para qué querrá vivir...? —decíase de algunos—. Hasta le haría un favor dejándole morir...»

Sus facultades de observador psicólogo habíansele aguzado con su pasión de ánimo y adivinaba al punto las más ocultas lacerías morales. Percatábase en seguida, bajo el embuste de las convenciones, de qué maridos preveían sin pena, cuando no deseaban, la muerte de sus mujeres y qué mujeres ansiaban verse libres de sus maridos, acaso para tomar otros de antemano escogidos ya. Cuando al año de la muerte de su cliente Álvarez, la viuda se casó con Menéndez, amigo íntimo del difunto, Joaquín se dijo: «Sí que fue rara aquella muerte... Ahora me la explico... ¡La humanidad es lo más cochino que hay, y la tal señora, dama caritativa, una de las señoras de lo más honrado...!»

—Doctor —le decía una vez uno de sus enfermos—, máteme usted, por Dios, máteme usted sin decirme nada, que ya no puedo más... Déme algo que me haga dormir para siempre...

«¿Y por qué no había de hacer lo que este hombre quiere —se decía Joaquín— si no vive más que para sufrir? ¡Me da pena! ¡Cochino mundo!»

Y eran sus enfermos para él no pocas veces espejos.

Un día le llegó una pobre mujer de la vecindad, gastada por los años y los trabajos, cuyo marido, en los veinticinco años de matrimonio se había enredado con una pobre aventurera. Iba a contarle sus cuitas la mujer desdeñada.

—¡Ay, don Joaquín! —le decía—, usted, que dicen que sabe tanto, a ver si me da un remedio para que le cure a mi pobre marido del bebedizo que le ha dado esa pelona.

—¿Pero qué bebedizo, mujer de Dios?

—Se va a ir a vivir con ella, dejándome a mí, al cabo de veinticinco años...

—Más extraño es que la hubiese dejado de recién casados, cuando usted era joven y acaso...

—¡Ah, no, señor, no! Es que le ha dado un bebedizo trastornándole el seso, porque si no, no podría ser... No podría ser...

—Bebedizo... bebedizo... —murmuró Joaquín.

—Sí, don Joaquín, sí, un bebedizo... Y usted, que sabe tanto, déme un remedio para él.

—¡Ay, buena mujer!, ya los antiguos trabajaron en balde para encontrar un agua que los rejuveneciese...

Y cuando la pobre mujer se fue desolada, Joaquín se decía: «Pero ¿no se mirará al espejo esta desdichada? ¿No verá el estrago de los años de rudo trabajo? Estas gentes del pueblo todo lo atribuyen a bebedizos o a envidias... ¿Que no encuentran trabajo...? Envidias... ¿Que les sale algo mal? Envidias. El que todos sus fracasos los atribuye a ajenas envidias es un envidioso. ¿Y no lo seremos todos? ¿No me habrán dado un bebedizo?»

Durante unos días apenas pensó más que en el bebedizo. Y acabó diciéndose: «¡Es el pecado original!»

IX

Casóse Joaquín con Antonia buscando en ella un amparo, y la pobre adivinó desde luego su menester, el oficio que hacía en el corazón de su marido y cómo le era un escudo y un posible consuelo. Tomaba por marido a un enfermo, acaso a un inválido incurable, del alma; su misión era la de una enfermera. Y le aceptó llena de compasión, llena de amor a la desgracia de quien así unía su vida a la de ella.

Sentía Antonia que entre ella y su Joaquín había como un muro invisible, una cristalina y transparente muralla de hielo. Aquel hombre no podía ser de su mujer, porque no era de sí mismo, dueño de sí, sino a la vez un enajenado y un poseído. En los más íntimos trasportes de trato conyugal, una invisible sombra fatídica se interponía entre ellos. Los besos de su marido parecíanle besos robados, cuando no de rabia.

Joaquín evitaba hablar de su prima Helena delante de su mujer, y ésta, que se percató de ello al punto, no hacía sino sacarla a colación a cada paso en sus conversaciones.

Esto en un principio, que más adelante evitó mentarla.

Llamáronle un día a Joaquín a casa de Abel, como a médico, y se enteró de que Helena llevaba ya en sus entrañas fruto de su marido, mientras que su mujer, Antonia, no ofrecía aún muestra alguna de ello. Y al pobre le asaltó una tentación vergonzosa, de que se sentía abochornado, y era la de un diablo que le decía: «¿Ves? ¡Hasta es más hombre que tú! Él, el que con su arte resucita e inmortaliza a los que tú dejas morir por tu torpeza, él tendrá pronto un hijo, traerá un nuevo viviente, una obra suya de carne y sangre y hueso al mundo, mientras tú... Tú acaso no seas capaz de ello... ¡Es más hombre que tú!»

Entró mustio y sombrío en el puerto de su hogar.

—Vienes de casa de Abel, ¿no? —le preguntó su mujer.

—Sí. ¿En qué lo has conocido?

—En tu cara. Esa casa es tu tormento. No debías ir a ella...

—¿Y qué voy a hacer?

—¡Excusarte! Lo primero es tu salud y tu tranquilidad...

—Aprensiones tuyas...

—No, Joaquín, no quieras ocultármelo... —y no pudo continuar, porque las lágrimas le ahogaron la voz.

Sentóse la pobre Antonia. Los sollozos se le arrancaban de cuajo.

—Pero ¿qué te pasa, mujer, qué es eso...?

—Dime tú lo que a ti te pasa, Joaquín, confíamelo todo, confiésate conmigo...

—No tengo nada de que acusarme...

—Vamos, ¿me dirás la verdad, Joaquín, la verdad?

El hombre vaciló un momento, pareciendo luchar con un enemigo invisible, con el diablo de su guarda, y con voz arrancada de una resolución súbita, desesperada, gritó casi:

—¡Sí, te diré la verdad, toda la verdad!

—Tú quieres a Helena; tú estás enamorado todavía de Helena.

—¡No, no lo estoy! ¡no lo estoy! ¡lo estuve; pero no lo estoy ya, no!

—¿Pues entonces?...

—¿Entonces, qué?

—¿A qué esa tortura en que vives? Porque esa casa, la casa de Helena, es la fuente de tu malhumor, esa casa es la que no te deja vivir en paz, es Helena...

—¡Helena no! ¡Es Abel!

—¿Tienes celos de Abel?

—Sí, tengo celos de Abel; le odio, le odio, le odio —y cerraba la boca y los puños al decirlo, pronunciándolo entre dientes.

—Tienes celos de Abel... Luego quieres a Helena.

—No, no quiero a Helena. Si fuese de otro no tendría celos de ese otro. No, no quiero a Helena, la desprecio, desprecio a la pava real ésa, a la belleza profesional, a la modelo del pintor de moda, a la querida de Abel...

—¡Por Dios, Joaquín, por Dios...!

—Sí, a su querida... legítima. ¿O es que crees que la bendición de un cura cambia un arrimo en matrimonio?

—Mira, Joaquín, que estamos casados como ellos...

—¡Como ellos, no, Antonia, como ellos, no! Ellos se casaron por rebajarme, por humillarme, por denigrarme; ellos se casaron para burlarse de mí; ellos se casaron contra mí.

Y el pobre hombre rompió en unos sollozos que le ahogaban el pecho, cortándole el respiro. Se creía morir.

—Antonia... Antonia... —suspiró con un hilito de voz apagada.

—¡Pobre hijo mío! —exclamó ella abrazándole.

Y le tomó en su regazo como a un niño enfermo, acariciándole. Y le decía:

—Cálmate, mi Joaquín, cálmate... Estoy aquí yo, tu mujer, toda tuya y sólo tuya. Y ahora que sé del todo tu secreto, soy más tuya que antes y te quiero más que nunca... Olvídalos... desprécialos... Habría sido peor que una mujer así te hubiese querido...

—Sí, pero él, Antonia, él...

—¡Olvídale!

—No puedo olvidarle... me persigue... su fama, su gloria me sigue a todas partes...

—Trabaja tú y tendrás fama y gloria, porque no vales menos que él. Deja la clientela, que no la necesitamos, vámonos de aquí a Renada, a la casa que fue de mis padres, y allí dedícate a lo que más te guste, a la ciencia, a hacer descubrimientos de ésos y que se hable de ti... Yo te ayudaré en lo que pueda... Yo haré que no te distraigan... y serás más que él...

—No puedo, Antonia, no puedo; sus éxitos me quitan el sueño y no me dejarían trabajar en paz... la visión de sus cuadros maravillosos se pondría entre mis ojos y el microscopio y no me dejaría ver lo que otros no han visto aún por él... No puedo... no puedo...

Y bajando la voz como un niño, casi balbuciendo como atontado por la caída en la sima de su abyección, sollozó diciendo:

—Y van a tener un hijo, Antonia...

—También nosotros le tendremos —le suspiró ella al oído, envolviéndolo en un beso—, no me lo negará la Santísima Virgen, a quien se lo pido todos los días... Y el agua bendita de Lourdes...

—¿También tú crees en bebedizos, Antonia?

—¡Creo en Dios!

—«Creo en Dios» —se repitió Joaquín al verse solo; solo con el otro—; «¿y qué es creer en Dios? ¿Dónde está Dios? ¡Tendré que buscarle!»

X

«Cuando Abel tuvo su hijo —escribía en su *Confesión* Joaquín— sentí que el odio se me enconaba. Me había invitado a asistir a Helena al parto, pero me excusé con que yo no asistía a partos, lo que era cierto, y con que no sabría conservar toda la sangre fría, mi sangre arrecida más bien, ante mi prima si se viera en peligro. Pero mi diablo me insinuó la feroz tentación de ir a asistirla y de ahogar a hurtadillas al niño. Vencí a la asquerosa idea.

»Aquel nuevo triunfo de Abel, del hombre, no ya del artista —el niño era una hermosura, una obra maestra de salud y de vigor, "un angelito" —decían— me apretó aún más a mi Antonia, de quien esperaba el mío. Quería, necesitaba que la pobre víctima de mi ciego odio —pues la víctima era mi mujer más que yo— fuese madre de hijos míos, de carne de mi carne, de entrañas de mis entrañas torturadas por el demonio. Sería la madre de mis hijos y por ello superior a las madres de los hijos de otros. Ella, la pobre, me había preferido a mí, al antipático, al despreciado, al afrentado; ella había tomado lo que otra desechó con desdén y burla. ¡Y hasta me hablaba bien de ellos!

»El hijo de Abel, Abelín, pues le pusieron el mismo nombre de su padre y como para que continuara su linaje y la gloria de él, el hijo Abel, que habría de ser andando el tiempo, instrumento de mi desquite, era una maravilla de niño. Y yo necesitaba tener uno así, más hermoso aún que él.»

XI

—¿Y qué preparas ahora? —le preguntó a Abel Joaquín un día en que, habiendo ido a ver al niño, se encontraron en el cuarto de estudio de aquél.

—Pues ahora voy a pintar un cuadro de Historia, o mejor, del Antiguo Testamento, y me estoy documentando...

—¿Cómo? ¿Buscando modelos de aquella época?

—No, leyendo la Biblia y comentarios a ella.

—Bien digo yo que tú eres un pintor científico...

—Y tú un médico artista, ¿no es eso?

—¡Peor que un pintor científico... literato! ¡Cuida de no hacer con el pincel literatura!

—Gracias por el consejo.

—¿Y cuál va a ser el asunto de tu cuadro?

—La muerte de Abel por Caín, el primer fratricidio.

Joaquín palideció aún más, y mirando fijamente a su primer amigo, le preguntó a media voz:

—¿Y cómo se te ha ocurrido eso?

—Muy sencillo —contestó Abel sin haberse percatado del ánimo de su amigo—; es la sugestión del nombre. Como me llamo Abel... Dos estudios de desnudo...

—Sí, desnudo del cuerpo...

—Y aun del alma...

—¿Pero piensas pintar sus almas?

—¡Claro está! El alma de Caín, de la envidia, y el alma de Abel...

—¿El alma de qué?

—En eso estoy ahora. No acierto a dar con la expresión, con el alma de Abel. Porque quiero pintarle antes de morir, derribado en tierra y herido de muerte por su hermano. Aquí tengo el Génesis y el *Caín* de lord Byron; ¿lo conoces?

—No, no conozco el *Caín* de lord Byron. ¿Y qué has sacado de la Biblia?

—Poca cosa... Verás —y tomando un libro, leyó: «y conoció Adán a su mujer Eva, la cual concibió y parió a Caín y dijo: He adquirido varón por Jehová. Y después parió a su hermano Abel y fue Abel pastor de ovejas, y Caín fue labrador de la tierra. Y aconteció, andando el tiempo, que Caín trajo del fruto de la tierra una ofrenda a Jehová y Abel trajo de los primogénitos de sus ovejas y de su grosura. Y miró Jehová con agrado a Abel y a su ofrenda, mas no miró propicio a Caín y a la ofrenda suya...»

—Y eso, ¿por qué?... —interrumpió Joaquín—. ¿Por qué miró Dios con agrado la ofrenda de Abel y con desdén la de Caín?

—No lo explica aquí...

—¿Y no te lo has preguntado tú antes de ponerte a pintar tu cuadro?

—Aún no... Acaso porque Dios veía ya en Caín el futuro matador de su hermano... al envidioso...

—Entonces es que le había hecho envidioso, es que le había dado un bebedizo. Sigue leyendo.

—«Y ensañóse Caín en gran manera y decayó su semblante. Y entonces Jehová dijo a Caín: ¿Por qué te has ensañado? ¿y por qué se ha demudado tu rostro? Si bien hicieres, ¿no serás ensalzado? y si no hicieres bien el pecado está a tu puerta. Ahí está que te desea, pero tú le dominarás...»

—Y le venció el pecado —interrumpió Joaquín—, porque Dios le había dejado de su mano. ¡Sigue!

—«Y habló Caín a su hermano Abel, y aconteció que estando ellos en el campo, Caín se levantó contra su hermano Abel y le mató. Y Jehová dijo a Caín...»

—¡Basta! No leas más. No me interesa lo que Jehová dijo a Caín luego que la cosa no tenía ya remedio.

Apoyó Joaquín los codos en la mesa, la cara entre las palmas de la mano, y clavando una mirada helada y punzante en la mirada de Abel, sin saber de qué alarmado, le dijo:

—¿No has oído nunca una especie de broma que gastan con los niños que aprenden de memoria la Historia sagrada cuando les preguntan: «¿Quién mató a Caín?»

—¡No!

—Pues sí, les preguntan eso y los niños, confundiéndose, suelen decir: «Su hermano Abel.»

—No sabía eso.

—Pues ahora lo sabes. Y dime tú, que vas a pintar esa escena bíblica... ¡y tan bíblica!, ¿no se te ha ocurrido pensar que si Caín no mata a Abel habría sido éste el que habría acabado matando a su hermano?

—¿Y cómo se te puede ocurrir eso?

—Las ovejas de Abel eran adeptas a Dios, y Abel, el pastor, hallaba gracia a los ojos del Señor, pero los frutos de la tierra de Caín, del labrador, no gustaban a Dios ni tenía para Él gracia Caín. El agraciado, el favorito de Dios era Abel... el desgraciado, Caín...

—¿Y qué culpa tenía Abel de eso?

—¡Ah!, pero ¿tú crees que los afortunados, los agraciados, los favoritos, no tienen culpa de ello? La tienen de no ocultar y ocultar como una vergüenza, que lo es, todo favor gratuito, todo privilegio no ganado por propios méritos, de no ocultar esa gracia en vez de hacer ostentación de ella. Porque no me cabe duda de que Abel restregaría a los hocicos de Caín su gracia, le azuzaría con el humo de sus ovejas sacrificadas a Dios. Los que se creen justos suelen ser unos arrogantes que van a deprimir a los otros con la ostentación de su justicia. Ya dijo quien lo dijera que no hay canalla mayor que las personas honradas...

—¿Y tú sabes —le preguntó Abel sobrecogido por la gravedad de la conversación— que Abel se jactara de su gracia?

—No me cabe duda, ni de que no tuvo respeto a su hermano mayor, ni pidió al Señor gracia también para él. Y sé más, y es que los abelitas han inventado el infierno para los cainitas porque si no su gloria les resultaría insípida. Su goce está en ver, libres de padecimientos, padecer a los otros...

—¡Ay, Joaquín, Joaquín, qué malo estás!

—Sí, nadie es médico de sí mismo. Y ahora dame ese *Caín* de lord Byron, que quiero leerlo.

—¡Tómalo!

—Y dime, ¿no te inspira tu mujer algo para ese cuadro?, ¿no te da alguna idea?

—¿Mi mujer? En esta tragedia no hubo mujer.

—En toda tragedia la hay, Abel.

—Sería acaso Eva...

—Acaso... La que les dio la misma leche; el bebedizo...

XII

Leyó Joaquín el *Caín* de lord Byron. Y en su *Confesión* escribía más tarde:

«Fue terrible el efecto que la lectura de aquel libro me hizo. Sentí la necesidad de desahogarme y tomé unas notas que aún conservo y las tengo ahora aquí, presentes. Pero ¿fue sólo por desahogarme? No; fue con el propósito de aprovecharlas algún día pensando que podrían servirme de materiales para una obra genial. La vanidad nos consume. Hacemos espectáculo de nuestras más íntimas y asquerosas dolencias. Me figuro que habrá quien desee tener un tumor pestífero como no le ha tenido antes ninguno para hombrearse con él. ¿Esta misma *Confesión* no es algo más que un desahogo?

»He pensado alguna vez romperla para librarme de ella. Pero ¿me libraría? ¡No! Vale más darse un espectáculo que consumirse. Y al fin y al cabo no es más que espectáculo la vida.

»La lectura del *Caín* de lord Byron me entró hasta lo más íntimo. ¡Con qué razón culpaba Caín a sus padres de que hubieran cogido de los frutos del árbol de la ciencia en vez de coger de los del árbol de la vida! A mí, por lo menos, la ciencia no ha hecho más que exacerbarme la herida.

»¡Ojalá nunca hubiera vivido! —digo con aquel Caín. ¿Por qué me hicieron? ¿Por qué he de vivir? Y lo que no me explico es cómo Caín no se decidió por el suicidio. Habría sido el más noble comienzo de la historia humana. Pero ¿por qué no se suicidaron Adán y Eva después de la caída y antes de haber dado hijos? ¡Ah, es que entonces Jehová habría hecho otros iguales y otro Caín y otro Abel! ¿No se repetirá esta misma tragedia en otros mundos, allá por las estrellas? Acaso la tragedia tiene otras representaciones, sin que baste el estreno de la tierra. Pero ¿fue estreno?

»Cuando leí cómo Luzbel le declaraba a Caín cómo era éste, Caín, inmortal, es cuando empecé con terror a pensar si yo también seré inmortal y si será inmortal en mí mi odio. "¿Tendré alma —me dije entonces—, será este mi odio alma?", y llegué a pensar que no podría ser de otro modo, que no puede ser función de un cuerpo un odio así. Lo que no había encontrado con el escalpelo en otros lo encontré en mí. Un organismo corruptible no podía odiar como yo odiaba. Luzbel aspiraba a ser Dios, y yo, desde muy niño, ¿no aspiré a anular a los demás? ¿Y cómo podía ser yo tan desgraciado si no me hizo tal el creador de la desgracia?

»Nada le costaba a Abel criar sus ovejas, como nada le costaba a él, al otro, hacer sus cuadros; pero ¿a mí? a mí me costaba mucho diagnosticar las dolencias de mis enfermos.

»Quejábase Caín de que Adah, su propia querida Adah, su mujer y hermana, no comprendiera el espíritu que a él le abrumaba. Pero sí, sí, mi Adah, mi pobre Adah comprendía mi espíritu. Es que era cristiana. Mas tampoco yo encontré algo que conmigo simpatizara.

»Hasta que leí y releí el *Caín* byroniano, yo, que tantos hombres había visto agonizar y morir, no pensé en la muerte, no la descubrí. Y entonces pensé si al morir me moriría con mi odio, si se moriría conmigo o si me sobreviviría; pensé si el odio sobrevive a los odiadores, si es algo sustancial y que se transmite, si es el alma, la esencia misma del alma. Y empecé a creer en el infierno y que la muerte es un ser, es el Demonio, es el Odio hecho persona, es el Dios del alma. Todo lo que mi ciencia no me enseñó me enseñaba el terrible poema de aquel gran odiador que fue lord Byron.

»Mi Adah también me echaba dulcemente en cara cuando yo no trabajaba, cuando no podía trabajar. Y Luzbel estaba entre mi Adah y yo. "¡No vayas con ese Espíritu!" —me gritaba mi Adah—. ¡Pobre Antonia! Y me pedía también que le salvara de aquel Espíritu. Mi pobre Adah no llegó a odiarlos como los odiaba yo. ¿Pero llegué yo a querer de veras a mi Antonia? Ah, si hubiera sido capaz de quererla me habría salvado. Era para mí otro instrumento de venganza. Queríala para madre de un hijo o de una hija que me vengaran. Aunque pensé, necio de mí, que una vez padre se me curaría aquello. ¿Mas acaso no me casé sino para hacer odiosos como yo, para transmitir mi odio, para inmortalizarlo?

»Se me quedó grabada en el alma como con fuego aquella escena de Caín y Luzbel en el abismo del espacio. Vi mi ciencia a través de mi pecado y la miseria de dar vida para propagar la muerte. Y vi que aquel odio inmortal era mi alma. Ese odio pensé que debió de haber precedido a mi nacimiento y que sobreviviría a mi muerte. Y me sobrecogí de espanto al pensar en vivir siempre para aborrecer siempre. Era el Infierno. ¡Y yo que tanto me había reído de la creencia en él! ¡Era el Infierno!

»Cuando leí cómo Adah habló a Caín de su hijo, de Enoc, pensé en el hijo, o en la hija que habría de tener; pensé en ti, hija mía; mi redención y mi consuelo; pensé en que tú vendrías a salvarme un día. Y al leer lo que aquel Caín decía a su hijo dormido e inocente, que no sabía que estaba desnudo, pensé si no había sido en mí un crimen engendrarte, ¡pobre hija mía! ¿Me perdonarás haberte hecho? Y al leer lo que Adah decía a su Caín, recordé mis años de paraíso, cuando aún no iba a cazar premios, cuando no soñaba en superar a todos los demás. No, hija mía, no; no ofrecí mis estudios a Dios con corazón puro, no busqué la verdad y el saber, sino que busqué los premios y la fama y ser más que él.

»Él, Abel, amaba su arte y lo cultivaba con pureza de intención y no trató nunca de imponérseme. No, no fue él quien me la quitó, ¡no! ¡Y yo llegué a pensar en derribar el altar de Abel, loco de mí! Y es que no había pensado más que en mí.

»El relato de la muerte de Abel, tal y como aquel terrible poeta del demonio nos lo expone, me cegó. Al leerlo sentí que se me iban las cosas y hasta creo que sufrí un mareo. Y desde aquel día, gracias al impío Byron, empecé a creer.»

XIII

Le dio Antonia a Joaquín una hija. «Una hija —se dijo— ¡y él un hijo!» Mas pronto se repuso de esta nueva treta de su demonio. Y empezó a querer a su hija con toda la fuerza de su pasión y por ella a la madre. «Será mi vengadora» —se dijo primero, sin saber de qué habría de vengarle, y luego: «Será mi purificadora.»

«Empecé a escribir esto —dejó escrito en su *Confesión*— más tarde para mi hija, para que ella, después de yo muerto, pudiese conocer a su pobre padre y compadecerle y quererle. Mirándola dormir en la cuna, soñando su inocencia, pensaba que para criarla y educarla pura tenía yo que purificarme de mi pasión, limpiarme de la lepra de mi alma. Y decidí hacerle que amase a todos y sobre todo a ellos. Y allí, sobre la inocencia de su sueño, juré libertarme de mi infernal cadena. Tenía que ser yo el mayor heraldo de la gloria de Abel.»

Y sucedió que habiendo Abel Sánchez acabado su cuadro, lo llevó a una Exposición, donde obtuvo un aplauso general y fue admirado como estupenda obra maestra, y se le dio la medalla de honor.

Joaquín iba a la sala de la Exposición a contemplar el cuadro y a mirar en él, como si mirase en un espejo, al Caín de la pintura y a espiar en los ojos de las gentes si le miraban a él después de haber mirado al otro.

«Torturábame la sospecha —escribió en su *Confesión*— de que Abel hubiese pensado en mí al pintar su Caín, de que hubiese descubierto todas las insondables negruras de la conversación que con él mantuve en su casa cuando me anunció su propósito de pintarlo y cuando me leyó los pasajes del Génesis, y yo me olvidé tanto de él y pensé tanto en mí mismo, que puse al desnudo mi alma enferma. ¡Pero no! No había en el Caín de Abel el menor parecido conmigo, no pensó en mí al pintarlo, es decir, no me despreció, no lo pintó desdeñándome, ni Helena debió de decirle nada de mí. Les bastaba con saborear el futuro triunfo, el que esperaban. ¡Ni siquiera pensaban en mí!

»Y esta idea de que ni siquiera pensasen en mí, de que no me odiaran, torturábame aún más que lo otro. Ser odiado por él con un odio como el que yo le tenía, era algo y podía haber sido mi salvación.»

Y fue más allá, o entró más adentro de sí Joaquín, y fue que lanzó la idea de dar un banquete a Abel para celebrar su triunfo y que él, su amigo de siempre, su amigo de antes de conocerse, le ofrecería el banquete.

Joaquín gozaba de cierta fama de orador. En la Academia de Medicina y Ciencias era el que dominaba a los demás con su palabra cortante y fría, precisa y sarcástica de ordinario. Sus discursos solían ser chorros de agua fría sobre los entusiasmos de los principiantes, acres lecciones de escepticismo pesimista. Su tesis ordinaria que nada se sabía de cierto en Medicina, que todo era hipótesis y un continuo tejer y destejer, que lo más seguro era la desconfianza. Por esto, al saberse que era él, Joaquín, quien ofrecería el banquete, echáronse los más a esperar alborozados un discurso de doble filo, una disección despiadada, bajo apariencias de elogio, de la pintura científica y documentada, o bien un encomio sarcástico de ella. Y un regocijo malévolo corría por los corazoncs de todos los que habían oído alguna vez hablar a Joaquín del arte de Abel. Apercibiéronle a éste del peligro.

—Os equivocáis —les dijo Abel—. Conozco a Joaquín y no le creo capaz de eso. Sé algo de lo que le pasa, pero tiene un profundo sentido artístico y dirá cosas que valga la pena de oírlas. Y ahora quiero hacerle un retrato.

—¿Un retrato?

—Sí, vosotros no le conocéis como yo. Es un alma de fuego tormentosa.

—Hombre más frío...

—Por fuera. Y en todo caso dicen que el frío quema. Es una figura que ni a posta...

Y este juicio de Abel llegó a oídos del juzgado, de Joaquín, y le sumió más en sus cavilaciones. «¿Qué pensará en realidad de mí?, se decía. ¿Será cierto que me tiene así, por un alma de fuego, tormentosa? ¿Será cierto que me reconoce víctima del capricho de la suerte?»

Llegó en esto a algo de que tuvo que avergonzarse hondamente, y fue que, recibida en su casa una criada que había servido en la de Abel, la requirió de ambiguas familiaridades mas[4] sin comprometerse, no más que para inquirir de ella lo que en la otra casa hubiera oído decir de él.

—Pero, vamos, dime, ¿es que no les oíste nunca nada de mí?

—Nada, señorito, nada.

—¿Pero no hablaban alguna vez de mí?

—Como hablar, sí, creo que sí, pero no decían nada.

—¿Nada, nunca nada?

—Yo no les oía hablar. En la mesa, mientras yo les servía, hablaban poco y cosas de esas que se hablan en la mesa. De los cuadros de él...

—Lo comprendo. ¿Pero nada, nunca nada de mí?

—No me acuerdo.

---

[4] En la primera edición: «familiaridades *aun* sin comprometerse».

Y al separarse de la criada sintió Joaquín entrañada aversión a sí mismo. «Me estoy idiotizando —se dijo—. ¡Qué pensará de mí esta muchacha!» Y tanto le acongojó esto que hizo que con un pretexto cualquiera se le despachase a aquella criada. «¿Y si ahora va —se dijo luego— y vuelve a servir a Abel y le cuenta esto?» Por lo que estuvo a punto de pedir a su mujer que volviera a llamarla. Mas no se atrevió. E iba siempre temblando de encontrarla por la calle.

XIV

Llegó el día del banquete. Joaquín no durmió la noche de la víspera.

—Voy a la batalla, Antonia —le dijo a su mujer al salir de casa.

—Que Dios te ilumine y te guíe, Joaquín.

—Quiero ver a la niña, a la pobre Joaquinita...

—Si, ven, mírala... está dormida...

—¡Pobrecilla! ¡No sabe lo que es el demonio! Pero yo te juro, Antonia, que sabré arrancármelo. Me lo arrancaré, lo estrangularé y lo echaré a los pies de Abel. Le daría un beso si no fuese que temo despertarla...

—¡No, no! ¡Bésala!

Inclinóse el padre y besó a la niña dormida, que sonrió al sentirse besada en sueños.

—Ves, Joaquín, también ella te bendice.

—¡Adiós, mujer! —y le dio un beso largo, muy largo.

Ella se fue a rezar ante la imagen de la Virgen.

Corría una maliciosa expectación por debajo de las conversaciones mantenidas durante el banquete. Joaquín, sentado a la derecha de Abel, e intensamente pálido, apenas comía ni hablaba. Abel mismo empezó a temer algo.

A los postres se oyeron siseos, empezó a cuajar el silencio, y alguien dijo: «¡Que hable!» Levantóse Joaquín. Su voz empezó temblona y sorda, pero pronto se aclaró y vibraba con un acento nuevo. No se oía más que su voz, que llenaba el silencio. El asombro era general. Jamás se había pronunciado un elogio más férvido, más encendido, más lleno de admiración y cariño a la obra y a su autor. Sintieron muchos asomárseles las lágrimas cuando Joaquín evocó aquellos días de su común infancia con Abel, cuando ni uno ni otro soñaban lo que habrían de ser.

«Nadie le ha conocido más adentro que yo —decía—: creo conocerte mejor que me conozco a mí mismo, más puramente, porque de nosotros mismos no vemos en nuestras entrañas sino el fango de que hemos sido hechos. Es en otros donde vemos lo mejor de nosotros y lo amamos, y eso es la admiración. Él ha hecho en su arte lo que yo habría querido hacer en el mío, y por eso es uno de mis modelos; su gloria es un acicate para mi trabajo y es un consuelo de la gloria que no he podido adquirir. Él es nuestro, de todos, él es mío sobre todo, y yo, gozando su obra, la hago tan mía como él la hizo suya creándola. Y me consuelo de verme sujeto a mi medianía...»

Su voz lloraba a las veces. El público estaba subyugado, vislumbrando oscuramente la lucha gigantesca de aquel alma con su demonio.

«Y ved la figura de Caín —decía Joaquín dejando gotear las ardientes palabras—, del trágico Caín, del labrador errante, del primero que fundó ciudades, del padre de la industria, de la envidia y de la vida civil, ¡vedla! Ved con qué cariño, con qué compasión, con qué amor al desgraciado está pintada. ¡Pobre Caín! Nuestro Abel Sánchez admira a Caín como Milton admiraba a Satán, está enamorado de su Caín como Milton lo estuvo de su Satán, porque admirar es amar y amar es compadecer. Nuestro Abel ha sentido toda la miseria, toda la desgracia inmerecida del que mató al primer Abel, del que trajo, según la leyenda bíblica, la muerte al mundo. Nuestro Abel nos hace comprender la culpa de Caín, porque hubo culpa, y compadecerle y amarle... ¡Este cuadro es un acto de amor!»

Cuando acabó Joaquín de hablar medió un silencio espeso, hasta que estalló una salva de aplausos. Levantóse entonces Abel y, pálido, convulso, tartamudeante, con lágrimas en los ojos, le dijo a su amigo:

—Joaquín, lo que acabas de decir vale más, mucho más que mi cuadro, más que todos los cuadros que he pintado, más que todos los que pintaré... Eso, eso es una obra de arte y de corazón. Yo no sabía lo que he hecho hasta que te he oído. ¡Tú y no yo has hecho mi cuadro, tú!

Y abrazáronse llorando los dos amigos de siempre entre los clamorosos aplausos y vivas de la concurrencia puesta en pie. Y al abrazarse le dijo a Joaquín su demonio: «¡Si pudieras ahora ahogarle en tus brazos...!»

—¡Estupendo!... —decían—. ¡Qué orador! ¡Qué discurso! ¿Quién podía haber esperado esto? ¡Lástima que no haya traído[5] taquígrafos!

—Esto es prodigioso —decía uno—. No espero volver a oír cosa igual.

—A mí —añadía otro— me corrían escalofríos al oírlo.

—¡Pero mírale, mírale qué pálido está!

Y así era. Joaquín, sintiéndose, después de su victoria, vencido, sentía hundirse en una sima de tristeza. No, su demonio no estaba muerto. Aquel discurso fue un éxito como no lo había tenido, como no volvería a tenerlo, y le hizo concebir la idea de dedicarse a la oratoria para adquirir en ella gloria con que oscurecer la de su amigo en la pintura.

—¿Has visto cómo lloraba Abel? —decía uno al salir.

—Es que este discurso de Joaquín vale por todos los cuadros del otro. El discurso ha hecho el cuadro. Habrá que llamarle el cuadro del discurso. Quita el discurso y ¿qué queda del cuadro? ¡Nada! A pesar del primer premio.

Cuando Joaquín llegó a su casa, Antonia salió a abrirle la puerta y abrazarle:

---

[5] En la primera edición: «que no *se* haya traído...».

—Ya lo sé, ya me lo han dicho. ¡Así, así! Vales más que él, mucho más que él; que sepa que si su cuadro vale será por tu discurso.

—Es verdad, Antonia, es verdad, pero...

—¿Pero qué? Todavía...

—Todavía, sí. No quiero decirte las cosas que el demonio, mi demonio, me decía mientras nos abrazábamos...

—¡No, no me las digas, cállate!

—Pues tápame la boca.

Y ella le tapó la boca con un beso largo, cálido, húmedo, mientras se le nublaban de lágrimas los ojos.

—A ver si así me sacas el demonio, Antonia, a ver si me lo sorbes.

—Sí, para quedarme con él, ¿no es eso? —y procuraba reírse la pobre.

—Sí, sórbemelo, que a ti no puede hacerte daño, que en ti se morirá, se ahogará en tu sangre como en agua bendita...

Y cuando Abel se encontró en su casa, a solas con su Helena, ésta le dijo:

—Ya han venido a contarme lo del discurso de Joaquín. ¡Ha tenido que tragar tu triunfo... ha tenido que tragarte...!

—No hables así, mujer, que no le has oído.

—Como si le hubiese oído.

—Le salía del corazón. Me ha conmovido. Te digo que ni yo sé lo que he pintado hasta que no le he oído a él explicárnoslo.

—No te fíes... no te fíes de él... cuando tanto le ha elogiado, por algo será...

—¿Y no puede haber dicho lo que sentía?

—Tú sabes que está muerto de envidia de ti...

—Cállate.

—Muerto, sí, muertecito de envidia de ti...

—¡Cállate, cállate, mujer; cállate!

—No, no son celos porque él ya no me quiere, si es que me quiso... es envidia... envidia...

—¡Cállate! ¡Cállate! —rugió Abel.

—Bueno, me callo, pero tú verás...

—Ya he visto y he oído y me basta. ¡Cállate, digo!

XV

¡Pero no, no! Aquel acto heroico no le curó al pobre Joaquín.

«Empecé a sentir remordimiento —escribió en su *Confesión*— de haber dicho lo que dije, de no haber dejado estallar mi mala pasión para así librarme de ella, de no haber acabado con él artísticamente, denunciando los engaños y falsos efectismos de su arte, sus imitaciones, su técnica fría y calculada, su falta de emoción; de no haber matado su gloria. Y así me habría librado de lo otro, diciendo la verdad, reduciendo su prestigio a su verdadera tasa. Acaso Caín, el bíblico, el que mató al otro Abel, empezó a querer a éste luego que lo vio muerto. Y entonces fue cuando empecé a creer: de los efectos de aquel discurso provino mi conversión.»

Lo que Joaquín llamaba así en su *Confesión* fue que Antonia, su mujer, que le vio no curado, que le temió acaso incurable, fue induciéndole a que buscase armas en la religión de sus padres, en la de ella, en la que había de ser de su hija, en la oración.

—Tú lo que debes hacer es ir a confesarte...

—Pero, mujer, si hace años que no voy a la iglesia...

—Por lo mismo.

—Pero si no creo en esas cosas...

—Eso creerás tú, pero a mí me ha explicado el padre cómo vosotros, los hombres de ciencia, creéis no creer, pero creéis. Yo sé que las cosas que te enseñó tu madre, las que yo enseñaré a nuestra hija...

—¡Bueno, bueno, déjame!

—No, no te dejaré. Vete a confesarte, te lo ruego.

—¿Y qué dirán los que conocen mis ideas?

—¿Ah, es eso? ¿Son respetos humanos?

Mas la cosa empezó a hacer mella en el corazón de Joaquín, y se preguntó si realmente no creía y aun sin creer quiso probar si la Iglesia podría curarle. Y empezó a frecuentar el templo, algo demasiado a las claras, como en son de desafío a los que conocían sus ideas irreligiosas, y acabó yendo a un confesor. Y una vez en el confesonario se le desató el alma.

—Le odio, padre, le odio con toda mi alma, y a no creer como creo, a no querer creer como quiero creer, le mataría...

—Pero eso, hijo mío, eso no es odio; eso es más bien envidia.

—Todo odio es envidia, padre, todo odio es envidia.

—Pero debe cambiarlo en noble emulación, en deseo de hacer en su profesión y sirviendo a Dios, lo mejor que pueda...

—No puedo, no puedo, no puedo trabajar. Su gloria no me deja.

—Hay que hacer un esfuerzo..., para eso el hombre es libre...

—No creo en el libre albedrío, padre. Soy médico.

—Pero...

—¿Qué hice yo para que Dios me hiciese así, rencoroso, envidioso, malo? ¿Qué mala sangre me legó mi padre?

—Hijo mío..., hijo mío...

—No, no creo en la libertad humana, y el que no cree en la libertad no es libre. ¡No, no lo soy! ¡Ser libre es creer serlo!

—Es usted malo porque desconfía de Dios.

—¿El desconfiar de Dios es maldad, padre?

—No quiero decir eso, sino que la mala pasión de usted proviene de que desconfía de Dios...

—¿El desconfiar de Dios es maldad? Vuelvo a preguntárselo.

—Sí, es maldad.

—Luego desconfío de Dios porque me hizo malo como a Caín le hizo malo. Dios me hizo desconfiado...

—Le hizo libre.

—Sí, libre de ser malo.

—¡Y de ser bueno!

—¿Por qué nací, padre?

—Pregunte más bien que para qué nació...

XVI

Abel había pintado una Virgen con el niño en brazos que no era sino un retrato de Helena, su mujer, con el hijo, Abelito. El cuadro tuvo éxito, fue reproducido, y ante una espléndida fotografía de él rezaba Joaquín a la Virgen Santísima, diciéndole: «¡Protégeme! ¡Sálvame!»

Pero mientras así rezaba, susurrándose en voz baja y como para oírse, quería acallar otra voz más honda, que brotándole de las entrañas le decía: «¡Así se muera! ¡Así te la deje libre!»

—¿Conque te has hecho ahora reaccionario? —le dijo un día Abel a Joaquín.

—¿Yo?

—Sí, me han dicho que te has dado a la Iglesia y que oyes misa diaria, y como nunca has creído ni en Dios ni en el diablo, y no es cosa de convertirse así, sin más ni menos, ¡pues te has hecho reaccionario!

—¿Y a ti qué?

—No, si no te pido cuentas; pero... ¿crees de veras?

—Necesito creer.

—Eso es otra cosa. ¿Pero crees?

—Ya te he dicho que necesito creer, y no me preguntes más.

—Pues a mí con el arte me basta; el arte es mi religión.

—Pues has pintado Vírgenes...

—Sí, a Helena.

—Que no lo es, precisamente.

—Para mí como si lo fuese. Es la madre de mi hijo...

—¿Nada más?

—Y toda madre es virgen en cuanto es madre.

—¡Ya estás haciendo teología!

—No sé, pero aborrezco el reaccionarismo y la gazmoñería. Todo eso me parece que no nace sino de la envidia, y me extraña en ti, que te creo muy capaz de distinguirte del vulgo, de los mediocres, me extraña que te pongas ese uniforme.

—¡A ver, a ver, Abel, explícate!

—Es muy claro. Los espíritus vulgares, ramplones, no consiguen distinguirse, y como no pueden sufrir que otros se distingan, les quieren imponer el uniforme del dogma, que es un traje de munición, para que no se distingan. El origen de toda ortodoxia, lo mismo en religión que en arte, es la envidia, no te quepa duda. Si a todos se nos deja vestirnos como se nos antoje, a uno se le ocurre un atavío que llame la atención y pone de realce su natural elegancia, y si es hombre hace que las mujeres le admiren, y se enamoren de él mientras otro, naturalmente ramplón y vulgar, no logra sino ponerse en ridículo buscando vestirse a su modo, y por eso los vulgares, los ramplones, que son los envidiosos, han ideado una especie de uniforme, un modo de vestirse como muñecos, que pueda ser moda, porque la moda es otra ortodoxia. Desengáñate, Joaquín: eso que llaman ideas peligrosas, atrevidas, impías, no son sino las que no se les ocurre[6] a los pobres de ingenio rutinario, a los que no tienen ni pizca de sentido propio ni originalidad y sí sólo sentido común y vulgaridad. Lo que más odian es la imaginación y porque no la tienen.

—Y aunque así sea —exclamó Joaquín—, es que esos que llaman los vulgares, los ramplones, los mediocres, ¿no tienen derecho a defenderse?

—Otra vez defendiste en mi casa, ¿te acuerdas?, a Caín, al envidioso, y luego, en aquel inolvidable discurso que me moriré repitiéndotelo, en aquel discurso al que debo lo más de mi reputación, nos enseñaste, me enseñaste a mí al menos, el alma de Caín. Pero Caín no era ningún vulgar, ningún ramplón, ningún mediocre...

—Pero fue el padre de los envidiosos.

—Sí, pero de otra envidia, no de la de esa gente... La envidia de Caín era algo grande; la del fanático inquisidor es lo más pequeño que hay. Y me choca verte entre ellos...

«Pero este hombre —se decía Joaquín al separarse de Abel— ¿es que lee en mí? Aunque

---

[6] *«Ocurren»* en la primera, debe considerarse errata.

no, parece no darse cuenta de lo que me pasa. Habla y piensa como pinta, sin saber lo que dice y lo que pinta. Es un inconsciente, aunque yo me empeñe en ver en él un técnico reflexivo...»

XVII

Enteróse Joaquín de que Abel andaba enredado con una antigua modelo, y esto le corroboró en su aprensión de que no se había casado con Helena por amor. «Se casaron —decíase— por humillarme.» Y luego se añadía: «Ni ella, ni Helena le quiere, ni puede quererle... ella no quiere a nadie, es incapaz de cariño, no es más que un hermoso estuche de vanidad... Por vanidad, y por desdén a mí, se casó, y por vanidad o por capricho es capaz de faltar a su marido... Y hasta con el mismo a quien no quiso para marido...» Surgíale a la vez de entre pavesas una brasa que creía apagada al hielo de su odio, y era su antiguo amor a Helena. Seguía, sí, a pesar de todo, enamorado de la pava real, de la coqueta, de la modelo de su marido. Antonia le era muy superior, sin duda, pero la otra era la otra. Y luego, la venganza... ¡es tan dulce la venganza! ¡Tan tibia para un corazón helado!

A los pocos días fue a casa de Abel, acechando la hora en que éste se hallara fuera de ella. Encontró a Helena sola con el niño, a aquella Helena, a cuya imagen divinizada había en vano pedido protección y salvación.

—Ya me ha dicho Abel —le dijo su prima— que ahora te ha dado por la iglesia. ¿Es que Antonia te ha llevado a ella, o es que vas huyendo de Antonia?

—¿Pues?

—Porque los hombres soléis haceros beatos o a rastras de la mujer o escapando de ella...

—Hay quien escapa de la mujer, y no para ir a la iglesia precisamente.

—Sí, ¿eh?

—Sí, pero tu marido, que te ha venido con el cuento ése, no sabe algo más, y es que no sólo rezo en la iglesia...

—¡Es claro! Todo hombre devoto debe hacer sus oraciones[7] en casa.

—Y las hago. Y la principal es pedir a la Virgen que me proteja y me salve.

—Me parece muy bien.

—¿Y sabes ante qué imagen pido eso?

—Si tú no me lo dices...

—Ante la que pintó tu marido...

Helena volvió la cara de pronto, enrojecida, al niño que dormía en un rincón del gabinete. La brusca violencia del ataque la desconcertó. Mas reponiéndose dijo:

—Eso me parece una impiedad de tu parte y prueba, Joaquín, que tu nueva devoción no es más que una farsa y algo peor...

—Te juro, Helena...

---

[7] En la primera edición: «sus *devociones* en casa».

—El segundo: no jurar su santo nombre en vano.

—Pues te juro, Helena, que mi conversión fue verdadera, es decir, que he querido creer, que he querido defenderme con la fe de una pasión que me devora...

—Sí, conozco tu pasión.

—¡No, no la conoces!

—La conozco. No puedes sufrir a Abel.

—Pero ¿por qué no puedo sufrirle?

—Eso tú lo sabrás. No has podido sufrirle nunca, ni aun antes de que me lo presentases.

—¡Falso!... ¡Falso!

—¡Verdad! ¡Verdad!

—¿Y por qué no he de poder sufrirle?

—Pues porque adquiere fama, porque tiene renombre... ¿No tienes tú clientela? ¿No ganas con ella?

—Pues mira, Helena, voy a decirte la verdad, toda la verdad. ¡No me basta con eso! Yo querría haberme hecho famoso, haber hallado algo nuevo en mi ciencia, haber unido mi nombre a algún descubrimiento científico...

—Pues ponte a ello, que talento no te falta.

—Ponerme a ello... ponerme a ello... Habríame puesto a ello, sí, Helena, si hubiese podido haber puesto esa gloria a tus pies...

—¿Y por qué no a los de Antonia?

—¡No hablemos de ella!

—¡Ah, pero has venido a esto! ¿Has espiado el que mi Abel —y recalcó el *mi*— estuviese fuera para venir a esto?

—Tu Abel... tu Abel...; ¡valiente caso hace de ti tu Abel!

—¿Qué? ¿También delator, acusique, soplón?

—Tu Abel tiene otras modelos que tú.

—¿Y qué? —exclamó Helena, irguiéndose—. ¿Y qué, si las tiene? ¡Señal de que sabe ganarlas! ¿O es que también de eso le tienes envidia? ¿Es que no tienes más remedio que contentarte con... tu Antonia? ¡Ah!, ¿y porque él ha sabido buscarse otras vienes tú aquí hoy a buscarte otra también? ¿Y vienes así, con chismes de éstos? ¿No te da vergüenza, Joaquín? Quítate, quítate de ahí, que me da bascas sólo el verte.

—¡Por Dios, Helena, que me estás matando..., que me estás matando!

—Anda, vete, vete a la iglesia, hipócrita, envidioso; vete a que tu mujer te cure, que estás muy malo.

—¡Helena, Helena, que tú sola puedes curarme! ¡Por cuanto más quieras, Helena, mira que pierdes para siempre a un hombre!

—Ah, ¿y quieres que por salvarte a ti pierda a otro, al mío?

—A ése no le pierdes; le tienes ya perdido. Nada le importa de ti. Es incapaz de quererte. Yo, yo soy el que te quiero, con toda mi alma, con un cariño como no puedes soñar.

Helena se levantó, fue al niño, y despertándolo, cogiólo en brazos, y volviendo a Joaquín, le dijo: «¡Vete! Es éste, el hijo de Abel, quien te echa de su casa; ¡vete!»

XVIII

Joaquín empeoró. La ira al conocer que se había desnudado el alma ante Helena, y el despecho por la manera como ésta le rechazó, en que vio claro que le despreciaba, acabó de enconarle el ánimo. Mas se dominó buscando en su mujer y en su hija consuelo y remedio. Ensombreciósele aún más su vida de hogar; se le agrió el humor.

Tenía entonces en casa una criada muy devota, que procuraba oír misa diaria y se pasaba las horas que el servicio le dejaba libre encerrada en su cuarto haciendo sus devociones. Andaba con los ojos bajos, fijos en el suelo, y respondía a todo con la mayor mansedumbre y en voz algo gangosa. Joaquín no podía resistirla y la regañaba con cualquier pretexto. «Tiene razón el señor», solía decirle ella.

—¿Cómo que tengo razón? —exclamó una vez, ya perdida la paciencia, él, el amo—. ¡No, ahora no tengo razón!

—Bueno, señor, no se enfade, no la tendrá.

—¿Y nada más?

—No le entiendo, señor.

—¿Cómo que no me entiendes, gazmoña, hipócrita? ¿Por qué no te defiendes? ¿Por qué no me replicas? ¿Por qué no te rebelas?

—¿Rebelarme yo? Dios y la Santísima Virgen me defiendan de ello, señor.

—Pero ¿quieres más —intervino Antonia— sino que reconozca sus faltas?

—No, no las reconoce. ¡Está llena de soberbia!

—¿De soberbia yo, señor?

—¿Lo ves? Es la hipócrita soberbia de no reconocerla. Es que está haciendo conmigo, a mi costa, ejercicios de humildad y de paciencia; es que toma mis accesos de mal humor como cilicios para ejercitarse en la virtud de la paciencia. ¡Y a mi costa, no! ¡No, no y no! ¡A mi costa, no! A mí no se me toma de instrumento para hacer méritos para el cielo. ¡Eso es hipocresía!

La criadita lloraba, rezando entre dientes.

—Pero y si es verdad, Joaquín —dijo Antonia— que realmente es humilde... ¿Por qué va a rebelarse? Si se hubiese rebelado te habrías irritado aún más.

—¡No! Es una canallada tomar las flaquezas del prójimo como medio para ejercitarnos en la virtud. Que me replique, que se insolente, que sea persona... y no criada...

—Entonces, Joaquín, te irritaría más.

—No, lo que más me irrita son esas pretensiones a mayor perfección.

—Se equivoca usted, señor —dijo la criada, sin levantar los ojos del suelo—; yo no me creo mejor que nadie.

—No, ¿eh? ¡Pues yo sí! Y el que no se crea mejor que otro, es un mentecato. Tú te creerás la más pecadora de las mujeres, ¿es eso? ¡Anda, responde!

—Esas cosas no se preguntan, señor.

—Anda, responde, que también San Luis Gonzaga dicen que se creía el más pecador de los hombres; responde: ¿te crees, sí o no, la más pecadora de las mujeres?

—Los pecados de las otras no van a mi cuenta, señor.

—Idiota, más que idiota. ¡Vete de ahí!

—Dios le perdone, como yo le perdono, señor.

—¿De qué? Ven y dímelo, ¿de qué? ¿De qué me tiene que perdonar Dios? Anda, dilo.

—Bueno, señora, lo siento por usted, pero me voy de esta casa.

—Por ahí debiste empezar —concluyó Joaquín.

Y luego a solas con su mujer, le decía:

—¿Y no irá diciendo esta gatita muerta que estoy loco? ¿No lo estoy, acaso, Antonia? Dime, ¿estoy loco, sí o no?

—Por Dios, Joaquín, no te pongas así...

—Sí, sí creo estar loco... Enciérrame. Esto va a acabar conmigo.

—Acaba tú con ello.

XIX

Concentró entonces todo su ahínco en su hija, en criarla y educarla, en mantenerla libre de las inmundicias morales del mundo.

—Mira —solía decirle a su mujer—, es una suerte que sca sola, que no hayamos tenido más.

—¿No te habría gustado un hijo?

—No, no, es mejor hija, es más fácil aislarla del mundo indecente. Además, si hubiésemos tenido dos, habrían nacido envidias entre ellos...

—¡Oh, no!

—¡Oh, sí! No se puede repartir el cariño igualmente entre varios: lo que se le da al uno se le quita al otro. Cada uno pide todo para él y sólo para él. No, no, no quisiera verme en el caso de Dios...

—¿Y cuál es ese caso?

—El de tener tantos hijos. ¿No dicen que somos todos hijos de Dios?

—No digas esas cosas, Joaquín...

—Unos están sanos para que otros estén enfermos... Hay que ver el reparto de las enfermedades...

No quería que su hija tratase con nadie. La llevó una maestra particular a casa, y él mismo, en ratos de ocio, le enseñaba algo.

La pobre Joaquina adivinó en su padre a un paciente mientras recibía de él una concepción tétrica del mundo y de la vida.

—Te digo —le decía Joaquín a su mujer— que es mejor, mucho mejor que tengamos una hija sola, que no tengamos que repartir el cariño...

—Dicen que cuanto más se reparte crece más...

—No creas así. ¿Te acuerdas de aquel pobre Ramírez, el procurador? Su padre tenía dos hijos y dos hijas y pocos recursos. En su casa no se comía sino sota, caballo y rey, cocido, pero no principio; sólo el padre, Ramírez padre, tomaba principio, del cual daba alguna vez a uno de los hijos y a una de las hijas, pero nunca a los otros. Cuando repicaban gordo, en días señalados, había dos principios para todos y otro además para él, el amo de la casa, que en algo había de distinguirse. Hay que conservar la jerarquía. Y a la noche, al recogerse a dormir Ramírez padre daba siempre un beso a uno de sus hijos y a una de las hijas, pero no a los otros dos.

—¡Qué horror! ¿Y por qué?

—Qué sé yo... Le parecerían más guapos los preferidos...

—Es como lo de Carvajal, que no puede ver a su hija menor...

—Es que le ha llegado la última, seis años después de la anterior y cuando andaba mal de recursos. Es una nueva carga, e inesperada. Por eso le llaman la intrusa.

—¡Qué horrores, Dios mío!

—Así es la vida, Antonia, un semillero de horrores. Y bendigamos a Dios el no tener que repartir nuestro cariño.

—¡Cállate!

—¡Cállome!

Y le hizo callar.

XX

El hijo de Abel estudiaba Medicina, y su padre solía dar a Joaquín noticias de la marcha de sus estudios. Habló Joaquín algunas veces con el muchacho mismo y le cobró algún afecto; tan insignificante le pareció.

—¿Y cómo le dedicas a médico y no a pintor? —le preguntó a su amigo.

—No le dedico yo, se dedica él. No siente vocación alguna por el arte...

—Claro, y para estudiar Medicina no hace falta vocación...

—No he dicho eso. Tú siempre tan mal pensado. Y no sólo no siente vocación por la pintura, pero ni curiosidad. Apenas si se detiene a ver lo que pinto, ni se informa de ello.

—Es mejor así acaso...

—¿Por qué?

—Porque si se hubiera dedicado a la pintura, o lo hacía mejor que tú, o peor. Si peor, eso de ser Abel Sánchez, hijo, al que llamarían Abel Sánchez el Malo o Sánchez el Malo o Abel el Malo, no está bien ni él lo sufriría...

—¿Y si fuera mejor que yo?

—Entonces serías tú quien no lo sufriría.

—Piensa el ladrón que todos son de su condición.

—Sí, venme ahora a mí, a mí, con esas pamemas. Un artista no soporta la gloria de otro, y menos si es su propio hijo o su hermano. Antes la de un extraño. Eso de que uno de su sangre le supere..., ¡eso no! ¿Cómo explicarlo? Haces bien en dedicarle a la Medicina.

—Además, así ganará más.

—Pero ¿quieres hacerme creer que no ganas mucho con la pintura?

—Bah, algo.

—Y además, gloria.

—¿Gloria? Para lo que dura...

—Menos dura el dinero.

—Pero es más sólido.

—No seas farsante, Abel, no finjas despreciar la gloria.

—Te aseguro que lo que hoy me preocupa es dejar una fortuna a mi hijo.

—Le dejarás un nombre.

—Los nombres no se cotizan.

—¡El tuyo sí!

—¡Mi firma, pero es... Sánchez! ¡Y menos mal si no le da por firmar Abel S. Puig! —que le hagan marqués de Casa Sánchez. Y luego el Abel quita la malicia al Sánchez. Abel Sánchez suena bien.

XXI

Huyendo de sí mismo, y para ahogar con la constante presencia del otro, de Abel, en su espíritu, la triste conciencia enferma que se le presentaba, empezó a frecuentar una peña del Casino. Aquella conversación ligera le serviría como narcótico, o más bien se embriagaría con ella. ¿No hay quien se entrega a la bebida para ahogar en ella una pasión devastadora, para derretir en vino un amor frustrado? Pues él se entregaría a la conversación casinera, a oírla más que a tomar parte muy activa en ella, para ahogar también su pasión. Sólo que el remedio fue peor que la enfermedad.

Iba siempre decidido a contenerse, a reír y bromear, a murmurar como por juego, a presentarse a modo de desinteresado espectador de la vida, bondadoso como un escéptico de profesión, atento a lo de que comprender es perdonar, y sin dejar traslucir el cáncer que le devoraba la voluntad. Pero el mal le salía por la boca, en las palabras, cuando menos lo esperaba, y percibían todos en ellas el hedor del mal. Y volvía a casa irritado contra sí mismo, reprochándose su cobardía y el poco dominio sobre sí y decidido a no volver más a la peña del Casino. «¡No —se decía—, no vuelvo, no debo volver; esto me empeora; me agrava; aquel ámbito es deletéreo; no se respira allí más que malas pasiones retenidas; no, no vuelvo; lo que yo necesito es soledad, soledad. Santa soledad!»

Y volvía.

Volvía por no poder sufrir la soledad. Pues en la soledad, jamás lograba estar solo, sino que siempre allí el otro. ¡El otro! Llegó a sorprenderse en diálogo con él, tramando lo que el otro le decía. Y el otro, en estos diálogos solitarios, en estos monólogos dialogados, le decía cosas indiferentes o gratas, no le mostraba ningún rencor. «¡Por qué no me odia, Dios mío! —llegó a decirse—. ¿Por qué no me odia?»

Y se sorprendió un día a sí mismo a punto de pedir a Dios, en infame oración diabólica, que infiltrase en el alma de Abel odio a él, a Joaquín. Y otra vez: «¡Ah, si me envidiase... si me envidiase...!» Y a esta idea, que como fulgor lívido cruzó por las tinieblas de su espíritu de amargura, sintió un gozo como de derretimiento, un gozo que le hizo temblar hasta los tuétanos del alma, escalofriados. ¡Ser envidiado...! ¡Ser envidiado...!

«Mas ¿no es esto —se dijo luego— que me odio, que me envidio a mí mismo?...» Fuese a la puerta, la cerró con llave, miró a todos lados, y al verse solo arrodillóse murmurando con lágrimas de las que escaldan en la voz: «Señor, Señor. ¡Tú me dijiste: ama a tu prójimo como a ti mismo! Y yo no amo al prójimo, no puedo amarle, porque no me amo, no sé amarme, no puedo amarme a mí mismo. ¿Qué has hecho de mí, Señor?»

Fue luego a coger la Biblia y la abrió por donde dice: «Y Jehová dijo a Caín: ¿dónde está Abel tu hermano?» Cerró lentamente el libro, murmurando: «¿Y dónde estoy yo?» Oyó entonces ruido fuera y se apresuró a abrir la puerta. «¡Papá, papaíto!», exclamó su hija al entrar. Aquella voz fresca pareció volverle a la luz. Besó a la muchacha y rozándole el oído con la boca le dijo bajo, muy bajito, para que no le oyera nadie: «¡Reza por tu padre, hija mía!»

—¡Padre! ¡Padre! —gimió la muchacha, echándole los brazos al cuello.

Ocultó la cabeza en el hombro de la hija y rompió a llorar.

—¿Qué te pasa, papá, estás enfermo?

—Sí, estoy enfermo. Pero no quieras saber más.

XXII

Y volvió al Casino. Era inútil resistirlo. Cada día se inventaba a sí mismo un pretexto para ir allá. Y el molino de la peña seguía moliendo.

Allí estaba Federico Cuadrado, implacable, que en cuanto oía que uno elogiaba a otro preguntaba: «¿Contra quién va ese elogio?»

—Porque a mí —decía con su vocecita fría y cortante— no me la dan con queso; cuando se elogia mucho a uno, se tiene presente a otro al que se trata de rebajar con ese elogio, a un rival del elogiado. Eso cuando no se le elogia con mala intención, por ensañarse en él... Nadie elogia con buena intención.

—Hombre —le replicaba León Gómez, que se gozaba en dar cuerda al cínico Cuadrado—, ahí tienes a don Leovigildo, al cual nadie le ha oído todavía hablar mal de otro...

—Bueno —intercalaba un diputado provincial—, es que don Leovigildo es un político y los políticos deben estar a bien con todo el mundo. ¿Qué dices, Federico?

—Digo que don Leovigildo se morirá sin haber hablado mal ni pensado bien de nadie... Él no dará acaso ni el más ligero empujoncito para que otro caiga, ni aunque no se lo vean, porque no sólo teme al código penal, sino también al infierno; pero si el otro se cae y se rompe la crisma, se alegrará hasta los tuétanos. Y para gozarse en la rotura de la crisma del otro, será el primero que irá a condolerse de su desgracia y darle el pésame.

—Yo no sé cómo se puede vivir sintiendo así —dijo Joaquín.

—¿Sintiendo cómo? —le arguyó al punto Federico—. ¿Cómo siente don Leovigildo, cómo siento yo y cómo sientes tú?

—¡De mí nadie ha hablado! —y esto lo dijo con acre displicencia.

—Pero hablo yo, hijo mío, porque aquí todos nos conocemos...

Joaquín se sintió palidecer. Le llegaba como un puñal de hielo hasta las entrañas de la voluntad aquel *¡hijo mío!* que prodigaba Federico, su demonio de la guarda, cuando echaba la garra sobre alguien.

—No sé por qué le tienes esa tirria a don Leovigildo —añadió Joaquín, arrepintiéndose de haberlo dicho apenas lo dijera, pues sintió que estaba atizando la mala lumbre.

—¿Tirria? ¿Tirria yo? ¿Y a don Leovigildo?

—Sí, no sé qué mal te ha hecho...

—En primer lugar, hijo mío, no hace falta que le hayan hecho a uno mal alguno para tenerle tirria. Cuando se le tiene a uno tirria, es fácil inventar ese mal, es decir, figurarse uno que se lo han hecho... Y yo no le tengo a don Leovigildo más tirria que a otro cualquiera. Es un hombre y basta. ¡Y un hombre honrado!

—Como tú eres un misántropo profesional... —empezó el diputado provincial.

—El hombre es el bicho más podrido y más indecente, ya os lo he dicho cien veces. Y el hombre honrado es el peor de los hombres.

—¡Anda, anda!, ¿qué dices a eso tú, que hablabas el otro día del político honrado refiriéndote a don Leovigildo? —le dijo León Gómez al diputado.

—¡Político honrado! —saltó Federico—. ¡Eso sí que no!

—¿Y por qué? —preguntaron tres a coro.

—¿Que por qué? Porque lo ha dicho él mismo. Porque tuvo en un discurso la avilantez de llamarse a sí mismo honrado. No es honrado declararse tal. Dice el Evangelio que Cristo Nuestro Señor...

—¡No mientes a Cristo, te lo suplico! —le interrumpió Joaquín.

—¿Qué, te duele también Cristo, hijo mío?

Hubo un breve silencio, oscuro y frío.

—Dijo Cristo Nuestro Señor —recalcó Federico— que no le llamaran bueno, que bueno era sólo Dios. Y hay cochinos cristianos que se atreven a llamarse a sí mismos honrados..

—Es que honrado no es precisamente bueno, intercaló don Vicente, el magistrado.

—Ahora lo ha dicho usted, don Vicente. ¡Y gracias a Dios que le oigo a un magistrado alguna sentencia razonable y justa!

—De modo —dijo Joaquín— que uno no debe confesarse honrado. ¿Y pillo?

—No hace falta.

—Lo que quiere el señor Cuadrado —dijo don Vicente, el magistrado— es que los hombres se confiesen bellacos y sigan siéndolo, ¿no es eso?

—¡Bravo! —exclamó el diputado provincial.

—Le diré a usted, hijo mío —contestó Federico, pensando la respuesta—. Usted debe saber cuál es la excelencia del sacramento de la confesión en nuestra sapientísima Madre Iglesia...

—Alguna otra barbaridad —interrumpió el magistrado.

—Barbaridad, no, sino muy sabia institución. La confesión sirve para pecar más tranquilamente, pues ya sabe uno que le ha de ser perdonado su pecado. ¿No es así, Joaquín?

—Hombre, si uno no se arrepiente...

—Sí, hijo mío, sí, si uno se arrepiente, pero vuelve a pecar y vuelve a arrepentirse y sabe cuando peca que se arrepentirá y sabe cuando se arrepiente que volverá a pecar, y acaba por pecar y arrepentirse a la vez; ¿no es así?

—El hombre es un misterio —dijo León Gómez.

—¡Hombre, no digas sandeces! —le replicó Federico.

—¿Sandez, por qué?

—Toda sentencia filosófica, así, todo axioma, toda proposición general y solemne, enunciada aforísticamente, es una sandez.

—¿Y la filosofía, entonces?

—No hay más filosofía que ésta, la que hacemos aquí...

—Sí, desollar al prójimo.

—Exacto. Nunca está mejor que desollado.

Al levantarse la tertulia, Federico se acercó a Joaquín a preguntarle si se iba a su casa, pues gustaría de acompañarle un rato, y al decirle éste que no, que iba a hacer una visita allí, al lado, aquél le dijo:

—Sí, te comprendo; eso de la visita es un achaque. Lo que tú quieres es verte solo. Lo comprendo.

—¿Y por qué lo comprendes?

—Nunca se está mejor que solo. Pero cuando te pese la soledad, acude a mí. Nadie te distraerá mejor de tus penas.

—¿Y las tuyas? —le espetó Joaquín.

—¡Bah! ¡Quién piensa en eso...!

Y se separaron.

XXIII

Andaba por la ciudad un pobre hombre necesitado, aragonés, padre de cinco hijos y que se ganaba la vida como podía, de escribiente y a lo que saliera. El pobre acudía con frecuencia a conocidos y amigos, si es que un hombre así los tiene, pidiéndoles con mil pretextos que le anticiparan dos o tres duros. Y lo que era más triste, mandaba a alguno de sus hijos, y alguna vez a su mujer, a las casas de los conocidos con cartitas de petición. Joaquín le había socorrido algunas veces, sobre todo cuando le llamaba a que viese, como médico, a personas de su familia. Y hallaba un singular alivio en socorrer a aquel pobre hombre. Adivinaba en él una víctima de la maldad humana.

Preguntóle una vez por él a Abel.

—Sí, le conozco —le dijo éste—, y hasta le tuve algún tiempo empleado. Pero es un haragán, un vago. Con el pretexto de que tiene que ahogar sus penas, no deja de ir ningún día al café, aunque en su casa no se encienda la cocina. Y no le faltará su cajetilla de cigarros. Tiene que convertir sus pesares en humo.

—Eso no es decir nada, Abel. Habría que ver el caso por dentro...

—Mira, déjate de garambainas. Y por lo que no paso es por la mentira esa de pedirme prestado y lo de «se lo devolveré en cuanto pueda...» Que pida limosna y al avío. Es más claro y más noble. La última vez me pidió tres duros adelantados y le di tres pesetas, pero diciéndole: «¡Y sin devolución!» ¡Es un haragán!

—¡Y qué culpa tiene él!...

—Vamos, sí, ya salió aquello, qué culpa tiene...

—¡Pues claro! ¿De quién son las culpas?

—Bueno, mira, dejémonos de esas cosas. Y si quieres socorrerle, socórrele, que yo no me opongo. Y yo mismo estoy seguro de que si me vuelve a pedir, le daré.

—Eso ya lo sabía yo, porque en el fondo, tú...

—No nos metamos al fondo. Soy pintor y no pinto los fondos de las personas. Es más, estoy convencido de que todo hombre lleva fuera todo lo que tiene dentro.

—Vamos, sí, que para ti un hombre no es más que un modelo...

—¿Te parece poco? Y para ti un enfermo. Porque tú eres el que les andas mirando y auscultando a los hombres por dentro...

—Mediano oficio...

—¿Por qué?

—Porque acostumbrado uno a mirar a los demás por dentro, da en ponerse a mirarse a sí mismo, a auscultarse.

—Ve ahí una ventaja[8]. Yo con mirarme al espejo tengo bastante...

—¿Y te has mirado de veras alguna vez?

—¡Naturalmente! ¿Pues no sabes que me he hecho un autorretrato?

—Que será una obra maestra...

—Hombre, no está del todo mal... ¿Y tú, te has registrado por dentro bien?

Al día siguiente de esta conversación Joaquín salió del Casino con Federico para preguntarle si conocía a aquel pobre hombre que andaba así pidiendo de manera vergonzante: «Y dime la verdad, eh, que estamos solos; nada de tus ferocidades.»

—Pues mira, ése es un pobre diablo que debía estar en la cárcel, donde por lo menos comería mejor que come y viviría más tranquilo.

—¿Pues qué ha hecho?

—No, no ha hecho nada; debió hacer, y por eso digo que debería estar en la cárcel.

—¿Y qué es lo que debió haber hecho?

—Matar a su hermano.

—¡Ya empiezas!

—Te lo explicaré. Ese pobre hombre es, como sabes, aragonés, y allá en su tierra aún subsiste la absoluta libertad de testar. Tuvo la desgracia de nacer el primero a su padre, de ser

---

[8] En la primera edición: «Ve ahí *mi* ventaja».

el mayorazgo, y luego tuvo la desgracia de enamorarse de una muchacha pobre, guapa y honrada, según parecía. El padre se opuso con todas sus fuerzas a esas relaciones amenazándole con desheredarle si llegaba a casarse con ella. Y él, ciego de amor, comprometió primero gravemente a la muchacha, pensando convencer así al padre, y acaso por casarse con ella y por salir de casa. Y siguió en el pueblo, trabajando como podía en casa de sus suegros, y esperando convencer y ablandar a su padre. Y éste, buen aragonés, tesa que tesa. Y murió desheredándole al pobre diablo y dejando su hacienda al hijo segundo; una hacienda regular. Y muertos poco después los suegros del hoy aquí sablista, acudió éste a su hermano pidiéndole amparo y trabajo, y su hermano se los negó, y por no matarle, que es lo que le pedía el coraje, se ha venido acá a vivir de limosna y del sable. Ésta es la historia, como ves, muy edificante.

—¡Y tan edificante!

—Si le hubiera matado a su hermano, a esa especie de Jacob, mal, muy mal, y no habiéndole matado, mal, muy mal también...

—Acaso peor.

—No digas eso, Federico.

—Sí, porque no sólo vive miserable y vergonzosamente, del sable, sino que vive odiando a su hermano.

—¿Y si le hubiese matado?

—Entonces se le habría curado el odio, y hoy, arrepentido de su crimen, querría su memoria. La acción libra del mal sentimiento, y es el mal sentimiento el que envenena el alma. Creémelo, Joaquín, que lo sé muy bien.

Miróle Joaquín a la mirada fijamente y le espetó un:

—¿Y tú?

—¿Yo? No quieras saber, hijo mío, lo que no te importa. Bástete saber que todo mi cinismo es defensivo. Yo no soy hijo del que todos vosotros tenéis por mi padre; yo soy hijo adulterino y a nadie odio en este mundo más que a mi propio padre, al natural, que ha sido el verdugo del otro, del que por vileza y cobardía me dio su nombre, este indecente nombre que llevo.

—Pero padre no es el que engendra; es el que cría...

—Es que ése, el que creéis que me ha criado, no me ha criado, sino que me destetó con el veneno del odio que guarda al otro, al que me hizo y le obligó a casarse con mi madre.

XXIV

Concluyó la carrera el hijo de Abel, Abelín, y acudió su padre a su amigo por si quería tomarle de ayudante para que a su lado practicase. Lo aceptó Joaquín.

«Le admití —escribía más tarde en su *Confesión,* dedicada a su hija— por una extraña mezcla de curiosidad, de aborrecimiento a su padre, de afecto al muchacho, que me parecía entonces una medianía, y por un deseo de libertarme así de mi mala pasión a la vez que, por más debajo de mi alma, mi demonio me decía que con el fracaso del hijo me vengaría del encumbramiento del padre. Quería por un lado, con el cariño al hijo, redimirme del odio al padre, y por otro lado me regodeaba esperando que si Abel Sánchez triunfó en la pintura, otro Abel Sánchez de su sangre marraría en la Medicina. Nunca pude figurarme entonces cuán hondo cariño cobraría luego al hijo del que me amargaba y entenebrecía la vida del corazón.»

Y así fue que Joaquín y el hijo de Abel sintiéronse atraídos el uno al otro. Era Abelín rápido de comprensión y se interesaba por las enseñanzas de Joaquín, a quien empezó llamando maestro. Este su maestro se propuso hacer de él un buen médico y confiarle el tesoro de su experiencia clínica. «Le guiaré —se decía— a descubrir las cosas que esta maldita inquietud de mi ánimo me ha impedido descubrir a mí.»

—Maestro —le preguntó un día Abelín—, ¿por qué no recoge usted todas esas observaciones dispersas, todas esas notas y apuntes que me ha enseñado y escribe un libro? Sería interesantísimo y de mucha enseñanza. Hay cosas hasta geniales, de una extraordinaria sagacidad científica.

—Pues mira, hijo (que así solía llamarle) —le respondió—, yo no puedo, no puedo... No tengo humor para ello, me faltan ganas, coraje, serenidad, no sé qué...

—Todo sería ponerse a ello...

—Sí, hijo, sí, todo sería ponerse a ello, pero cuantas veces lo he pensado no he llegado a decidirme. ¡Ponerme a escribir un libro..., y en España... y sobre Medicina...! No vale la pena. Caería en el vacío...

—No, el de usted no, maestro, se lo respondo.

—Lo que yo debía haber hecho es lo que tú has de hacer: dejar esta insoportable clientela y dedicarte a la investigación pura, a la verdadera ciencia, a la fisiología, a la histología, a la patología y no a los enfermos de pago. Tú que tienes alguna fortuna, pues los cuadros de tu padre han debido dártela, dedícate a eso.

—Acaso tenga usted razón, maestro; pero ello no quita para que usted deba publicar sus memorias de clínico.

—Mira, si quieres, hagamos una cosa. Yo te doy mis notas todas, te las amplío de palabra, te digo cuanto me preguntes y publica tú el libro. ¿Te parece?

—De perlas, maestro. Yo vengo apuntando desde que le ayudo todo lo que le oigo y todo lo que a su lado aprendo.

—¡Muy bien, hijo, muy bien! —y le abrazó conmovido.

Y luego se decía Joaquín: «¡Éste, éste será mi obra! Mío y no de su padre. Acabará venerándome y comprendiendo que yo valgo mucho más que su padre y que hay en mi práctica de la Medicina mucha más arte que en la pintura de su padre. Y al cabo se lo quitaré, sí, ¡se lo quitaré! Él me quitó a Helena, yo les quitaré el hijo. Que será mío, y ¿quién sabe?..., acaso concluya renegando de su padre cuando le conozca y sepa lo que me hizo.»

XXV

—Pero dime —le preguntó un día Joaquín a su discípulo—, ¿cómo se te ocurrió estudiar Medicina?

—No lo sé...

—Porque lo natural es que hubieses sentido inclinación a la pintura. Los muchachos se sienten llamados a la profesión de sus padres; es el espíritu de imitación..., el ambiente...

—Nunca me ha interesado la pintura, maestro.

—Lo sé, lo sé por tu padre, hijo.

—Y la de mi padre menos.

—Hombre, hombre, ¿y cómo así?

—No la siento y no sé si la siente él...

—Eso es más grande. A ver, explícate.

—Estamos solos; nadie nos oye; usted, maestro, es como si fuera mi segundo padre..., segundo... Bueno. Además usted es el más antiguo amigo suyo, le he oído decir que de siempre, de toda la vida, de antes de tener uso de razón, que son como hermanos...

—Sí, sí, así es; Abel y yo somos como hermanos... Sigue.

—Pues bien, quiero abrirle hoy mi corazón, maestro.

—Ábremelo. Lo que me digas caerá en él como en el vacío, ¡nadie lo sabrá!

—Pues sí, dudo que mi padre sienta la pintura ni nada. Pinta como una máquina, es un don natural, ¿pero sentir?

—Siempre he creído eso.

—Pues fue usted, maestro, quien, según dicen, hizo la mayor fama de mi padre con aquel famoso discurso de que aún se habla.

—¿Y qué iba yo a decir?

—Algo así me pasa. Pero mi padre no siente ni la pintura ni nada. Es de corcho, maestro, de corcho.

—No tanto, hijo.

—Sí, de corcho. No vive más que para su gloria. Todo eso de que la desprecia es farsa, farsa, farsa. No busca más que el aplauso. Y es un egoísta, un perfecto egoísta. No quiere a nadie.

—Hombre, a nadie...

—¡A nadie, maestro, a nadie! Ni sé cómo se casó con mi madre. Dudo que fuera por amor.

Joaquín palideció.

—Sé —prosiguió el hijo— que ha tenido enredos y líos con algunas modelos; pero eso no es más que capricho y algo de jactancia. No quiere a nadie.

—Pero me parece que eres tú quien debieras...

—A mí nunca me ha hecho caso. A mí me ha mantenido, ha pagado mi educación y mis estudios, no me ha escatimado ni me escatima su dinero, pero yo apenas si existo para él. Cuando alguna vez le he preguntado algo, de historia, de arte, de técnica, de la pintura o de sus viajes o de otra cosa, me ha dicho: «Déjame, déjame en paz», y una vez llegó a decirme: «¡apréndelo, como lo he aprendido yo!; ahí tienes los libros». ¡Qué diferencia con usted, maestro!

—Sería que no lo sabía, hijo. Porque mira, los padres quedan a las veces mal con sus hijos por no confesarse más ignorantes o más torpes que ellos.

—No era eso. Y hay algo peor.

—¿Peor? ¡A ver!

—Peor, sí. Jamás me ha reprendido, haya hecho yo lo que hiciera. No soy, no he sido nunca un calavera, un disoluto, pero todos los jóvenes tenemos nuestras caídas, nuestros tropiezos. Pues bien, jamás los ha inquirido, y si por acaso los sabía nada me ha dicho.

—Eso es respeto a tu personalidad, confianza en ti... Es acaso la manera más generosa y noble de educar a un hijo, es fiarse...

—No, no es nada de eso, maestro. Es sencillamente indiferencia.

—No, no, no exageres, no es eso... ¿Qué te iba a decir que tú no te lo dijeras? Un padre no puede ser un juez...

—Pero sí un compañero, un consejero, un amigo o un maestro como usted.

—Pero hay cosas que el pudor impide se traten entre padres e hijos.

—Es natural que usted, su mayor y más antiguo amigo, su casi hermano, lo defienda, aunque...

—¿Aunque qué?

—¿Puedo decirlo todo?

—¡Sí, dilo todo!

—Pues bien, de usted no le he oído nunca hablar sino muy bien, demasiado bien, pero...

—¿Pero qué?

—Que habla demasiado bien de usted.

—¿Qué es eso de demasiado?

—Que antes de conocerle yo a usted, maestro, le creía otro.

—Explícate.

—Para mi padre es usted una especie de personaje trágico, de ánimo torturado de hondas pasiones. «¡Si se pudiera pintar el alma de Joaquín!», suele decir. Habla de un modo como si mediase entre usted y él algún secreto...

—Aprensiones tuyas...

—No, no lo son.

—¿Y tu madre?

—Mi madre...

XXVI

—Mira, Joaquín —le dijo un día Antonia a su marido—, me parece que el mejor día nuestra hija se nos va o nos la llevan...

—¿Joaquina? ¿Y adónde?

—¡Al convento!

—¡Imposible!

—No, sino muy posible. Tú distraído con tus cosas y ahora con ese hijo de Abel al que pareces haber prohijado... Cualquiera diría que le quieres más que a tu hija...

—Es que trato de salvarle, de redimirle de los suyos...

—No; de lo que tratas es de vengarte. ¡Qué vengativo eres! ¡Ni olvidas ni perdonas! Temo que Dios te va a castigar, va a castigarnos...

—Ah, ¿y es por eso por lo que Joaquina se quiere ir al convento?

—Yo no he dicho eso.

—Pero lo digo yo y es lo mismo. ¿Se va acaso por celos de Abelín? ¿Es que teme que le llegue a querer más que a ella? Pues si es por eso...

—Por eso no.

—¿Entonces?

—¡Qué sé yo!... Dice que tiene vocación, que es adonde Dios la llama...

—Dios... Dios... ¡Será su confesor. ¿Quién es?

—El padre Echevarría.

—¿El que me confesaba a mí?

—¡El mismo!

Quedóse Joaquín mustio y cabizbajo, y al día siguiente, llamando a solas a su mujer, le dijo:

—Creo haber penetrado en los motivos que empujan a Joaquina al claustro, o mejor, en los motivos porque le induce el padre Echevarría a que entre en él. ¿Tú recuerdas cómo busqué refugio y socorro en la Iglesia contra esta maldita obsesión que me embarga el ánimo todo, contra este despecho que con los años se hace más viejo, es decir, más duro y más terco, y cómo, después de los mayores esfuerzos, no pude lograrlo? No, no me dio remedio el padre Echevarría, no pudo dármelo. Para este mal no hay más que un remedio, uno solo.

Callóse un momento como esperando una pregunta de su mujer, y como ella callara, prosiguió diciéndole:

—Para ese mal no hay más remedio que la muerte. Quién sabe... Acaso nací con él y con él moriré. Pues bien, ese padrecito que no pudo remediarme ni reducirme empuja ahora, sin duda, a mi hija, a tu hija, a nuestra hija, al convento, para que en él ruegue por mí, para que se sacrifique salvándome...

—Pero si no es sacrificio..., si dice que es su vocación...

—Mentira, Antonia; te digo que eso es mentira. Las más de las que van monjas, o van a trabajar poco, a pasar una vida pobre, pero descansada, a sestear místicamente o van huyendo de casa, y nuestra hija huye de casa, huye de nosotros.

—Será de ti...

—¡Sí, huye de mí! ¡Me ha adivinado!

—Y ahora que le has cobrado ese apego a ése...

—¿Quieres decirme que huye de él?

—No sino de tu nuevo capricho...

—¿Capricho?, ¿capricho?, ¿capricho dices? Yo seré todo menos caprichoso, Antonia. Yo tomo todo en serio, todo, ¿lo entiendes?

—Sí, demasiado en serio —agregó la mujer llorando.

—Vamos, no llores así, Antonia, mi santa, mi ángel bueno, y perdóname si he dicho algo...

—No es peor lo que dices, sino lo que callas.

—¡Pero, por Dios, Antonia, por Dios, haz que nuestra hija no nos deje; que si se va al convento, me mata, sí, me mata, porque me mata! Que se quede, que yo haré lo que ella quiera... que si quiere que le despache a Abelín, le despacharé...

—Me acuerdo cuando decías que te alegrabas de que no tuviéramos más que una hija, porque así no teníamos que repartir el cariño...

—¡Pero si no lo reparto!

—Algo peor entonces...

—Sí, Antonia, esa hija quiere sacrificarse por mí, y no sabe que si se va al convento me deja desesperado. ¡Su convento es esta casa!

XXVII

Dos días después encerrábase en el gabinete Joaquín con su mujer y su hija.

—¡Papá, Dios lo quiere! —exclamó resueltamente y mirándole cara a cara su hija Joaquina.

—¡Pues no! No es Dios quien lo quiere, sino el padrecito ése —replicó él—. ¿Qué sabes tú, mocosuela, lo que quiere Dios? ¿Cuándo te has comunicado con Él?

—Comulgo cada semana, papá.

—Y se te antojan revelaciones de Dios los desvanecimientos que te suben del estómago en ayunas.

—Peores son los del corazón en ayunas.

—¡No, no, eso no puede ser; eso no lo quiere Dios, no puede quererlo, te digo que no lo puede querer!

—Yo no sé lo que Dios quiere, y tú, padre, sabes lo que no puede querer, ¿eh? De cosas del cuerpo sabrás mucho, pero de cosas de Dios, del alma...

—Del alma, ¿eh? ¿Conque tú crees que no sé del alma?

—Acaso lo que mejor te sería no saber.

—¿Me acusas?

—No; eres tú, papá, quien se acusa a sí mismo.

—¿Lo ves, Antonia, lo ves, no te lo decía?

—¿Y qué te decía, mamá?

—Nada, hija mía, nada; aprensiones, cavilaciones de tu padre...

—Pues bueno —exclamó Joaquín como quien se decide—, tú vas al convento para salvarme, ¿no es eso?

—Acaso no andes lejos de la verdad.

—¿Y salvarme de qué?

—No lo sé bien.

—¡Lo sabré yo...! ¿De qué?, ¿de quién?

—¿De quién, padre, de quién? Pues del demonio o de ti mismo.

—¿Y tú qué sabes?

—Por Dios, Joaquín, por Dios —suplicó la madre con lágrimas en la voz, llena de miedo ante la mirada y el tono de su marido.

—Déjanos, mujer, déjanos, déjanos, a ella y a mí. ¡Esto no te toca!

—¿Pues no ha de tocarme? Pero si es mi hija...

—¡La mía! Déjanos, ella es una Monegro, yo soy un Monegro; déjanos. Tú no entiendes, tú no puedes entender estas cosas...

—Padre, si trata así a mi madre delante mío, me voy. No llores, mamá.

—¿Pero tú crees, hija mía...?

—Lo que yo creo y sé es que soy tan hija suya como tuya.

—¿Tanto?

—Acaso más.

—No digáis esas cosas, por Dios —exclamó la madre llorando—, si no me voy.

—Sería lo mejor —añadió la hija—. A solas nos veríamos mejor las caras, digo, las almas, nosotros, los Monegro.

La madre besó a la hija y se salió.

—Y bueno —dijo fríamente el padre, así que se vio a solas con su hija—, ¿para salvarme de qué o de quién te vas al convento?

—Pues bien, padre, no sé de quién, no sé de qué, pero hay que salvarte. Yo no sé lo que anda por dentro de esta casa, entre tú y mi madre, no sé lo que anda dentro de ti, pero es algo malo...

—¿Eso te lo ha dicho el padrecito ése?

—No, no me lo ha dicho el padrecito; no ha tenido que decírmelo; no me lo ha dicho nadie, sino que lo he respirado desde que nací. ¡Aquí, en esta casa, se vive como en tinieblas espirituales!

—Bah, ésas son cosas que has leído en tus libros...

—Como tú has leído otras en los tuyos. ¿O es que crees que sólo los libros que hablan de lo que hay dentro del cuerpo, esos libros tuyos con esas láminas feas, son los que enseñan la verdad?

—Y bien, esas tinieblas espirituales que dices, ¿qué son?

—Tú lo sabrás mejor que yo, papá; pero no me niegues que aquí pasa algo, que aquí hay, como si fuese una niebla oscura, una tristeza que se mete por todas partes, que tú no estás contento nunca, que sufres, que es como si llevases a cuestas una culpa grande...

—¡Sí, el pecado original! —dijo Joaquín con sorna.

—¡Ése, ése! —exclamó la hija—. ¡Ése, del que no te has sanado!

—¡Pues me bautizaron...!

—No importa.

—Y como remedio para esto vas a meterte monja, ¿no es eso? Pues lo primero era averiguar qué es ello, a qué se debe todo esto...

—Dios me libre, papá, de tal cosa. Nada de querer juzgaros.

—Pero de condenarme, sí, ¿no es eso?

—¿Condenarte?

—Sí, condenarme; eso de irte así es condenarme...

—¿Y si me fuese con un marido? ¿Si te dejara por un hombre...?

—Según el hombre.

Hubo un breve silencio.

—Pues sí, hija mía —reanudó Joaquín—, yo no estoy bien, yo sufro, sufro casi toda mi vida; hay mucho de verdad en lo que has adivinado; pero con tu resolución de meterte monja me acabas de matar, exacerbas y enconas mis males. Ten compasión de tu padre, de tu pobre padre...

—Es por compasión...

—No, es por egoísmo. Tú huyes; me ves sufrir y huyes. Es el egoísmo, es el despego, es el desamor lo que te lleva al claustro. Figúrate que yo tuviese una enfermedad pegajosa y larga, una lepra; ¿me dejarías yendo al convento a rogar por Dios que me sanara? Vamos, contesta, ¿me dejarías?

—No, no te dejaría, pues soy tu única hija.

—Pues haz cuenta de que soy un leproso. Quédate a curarme. Me pondré bajo tu cuidado, haré lo que me mandes.

—Si es así...

Levantóse el padre, y mirando a su hija a través de lágrimas, abrazóla, y teniéndola así, en sus brazos, con voz de susurro, le dijo al oído:

—¿Quieres curarme, hija mía?

—Sí, papá.

—Pues cásate con Abelín.

—¿Eh? —exclamó Joaquina separándose de su padre y mirándole cara a cara.

—¿Qué? ¿Qué te sorprende? —balbuceó el padre, sorprendido a la vez.

—¿Casarme? ¿Yo? ¿Con Abelín? ¿Con el hijo de tu enemigo?

—¿Quién te ha dicho eso?

—Tu silencio de años.

—Pues por eso, por ser el hijo del que llamas mi enemigo.

—Yo no sé lo que hay entre vosotros, no quiero saberlo, pero al verte últimamente cómo te aficionabas a su hijo me dio miedo... temí..., no sé lo que temí. Ese tu cariño a Abelín me parecía monstruoso, algo infernal...

—¡Pues no, hija, no! Buscaba en él redención. Y créeme, si logras traerle a mi casa, si le haces mi hijo, será como si sale al fin el sol en mi alma...

—Pero ¿pretendes tú, tú, mi padre, que yo le solicite, le busque?

—No digas eso.

—¿Pues entonces?

—Y si él...

—¿Ah, pero no lo teníais ya tramado entre los dos, y sin contar conmigo?

—No, no, lo tenía pensado yo, yo, tu padre, tu pobre padre, yo...

—Me das pena, padre.

—También yo me doy pena. Y ahora todo corre de mi cuenta. ¿No pensabas sacrificarte por mí?

—Pues bien, sí, me sacrificaré por ti. ¡Dispón de mí!

Fue el padre a besarla, y ella, desasiéndosele, exclamó:

—¡No, ahora no! Cuando lo merezcas. ¿O es que quieres que también yo te haga callar con besos?

—¿Dónde has aprendido eso, hija?

—Las paredes oyen, papá.

—¡Y acusan!

XXVIII

—¡Quién fuera usted, don Joaquín! —decíale un día a éste aquel pobre desheredado aragonés, el padre de los cinco hijos, luego que le hubo sacado algún dinero.

—¡Querer ser yo! ¡No lo comprendo!

—Pues sí, lo daría todo por poder ser usted, don Joaquín.

—¿Y qué es ese todo que daría usted?

—Todo lo que puedo dar, todo lo que tengo.

—¿Y qué es ello?

—¡La vida!

—¡La vida por ser yo! —y a sí mismo se añadió Joaquín: «¡Pues yo la daría para poder ser otro!»

—Sí, la vida por ser usted.

—He aquí una cosa que no comprendo bien, amigo mío; no comprendo que nadie se disponga a dar la vida por poder ser otro, ni siquiera comprendo que nadie quiera ser otro. Ser otro es dejar de ser uno, de ser el que se es.

—Sin duda.

—Y eso es dejar de existir.

—Sin duda.

—Pero no para ser otro...

—Sin duda.

—Entonces...

—Quiero decir, don Joaquín, que de buena gana dejaría de ser, o dicho más claro, me pegaría un tiro o me echaría al río si supiera que los míos, los que me atan a esta vida perra, los que no me dejan suicidarme, habrían de encontrar un padre en usted. ¿No comprende usted ahora?

—Sí que lo comprendo. De modo que...

—Que maldito el apego que tengo a la vida, y que de buena gana me separaría de mí mismo y mataría para siempre mis recuerdos si no fuese por los míos. Aunque también me retiene otra cosa.

—¿Qué?

—El temor de que mis recuerdos, de que mi historia me acompañen más allá de la muerte. ¡Quién fuera usted, don Joaquín!

—¿Y si a mí me retuvieran en la vida, amigo mío, motivos como los de usted?

—¡Bah!, usted es rico.

—Rico..., rico...

—Y un rico nunca tiene motivos de queja. A usted no le falta nada. Mujer, hija, una buena clientela, reputación..., ¿qué más quiere usted? A usted no le desheredó su padre; a usted no le echó de su casa su hermano a pedir... ¡A usted no le han obligado a hacerse un mendigo! ¡Quién fuera usted, don Joaquín!

Y al quedarse, luego, éste solo se decía: «¡Quién fuera yo! ¡Ese hombre me envidia!, ¡me envidia! Y yo ¿quién quiero ser?»

XXIX

Pocos días después Abelín y Joaquina estaban en relaciones de noviazgo. Y en su *Confesión,* dedicada a su hija, escribía algo después Joaquín:

«No es posible, hija mía, que te explique cómo llevé a Abel, tu marido de hoy, a que te solicitase por novia pidiéndote relaciones. Tuve que darle a entender que tú estabas enamorada de él o que por lo menos te gustaría que de ti se enamorase sin descubrir lo más mínimo de aquella nuestra conversación a solas, luego que tu madre me hizo saber cómo querías entrar por mi causa en un convento. Veía en ello mi salvación. Sólo uniendo tu suerte a la suerte del hijo único de quien me ha envenenado la fuente de la vida, sólo mezclando así nuestras sangres esperaba poder salvarme.

»Pensaba que acaso un día tus hijos, mis nietos, los hijos de su hijo, sus nietos, al heredar nuestras sangres, se encontraran con la guerra dentro, con el odio en sí mismos. Pero ¿no es acaso el odio a sí mismo, a la propia sangre, el único remedio contra el odio a los demás? La Escritura dice que en el seno de Rebeca se peleaban ya Esaú y Jacob. ¡Quién sabe si un día no concebirás tú dos mellizos, el uno con mi sangre y el otro con la suya, y se pelearán y se odiarán ya desde tu seno y antes de salir al aire y a la conciencia! Porque ésta es la tragedia humana, y todo hombre es, como Job, hijo de contradicción.

»Y he temblado al pensar que acaso os junté, no para unir, sino para separar aún más vuestras sangres, para perpetuar un odio. ¡Perdóname! Deliro.

»Pero no son sólo nuestras sangres, la de él y la mía; es también la de ella, la de Helena. ¡La sangre de Helena! Esto es lo que más me turba; esa sangre que le florece en las mejillas, en la frente, en los labios, que le hace marco a la mirada, esa sangre que me cegó desde su carne.

»Y queda otra, la sangre de Antonia, de la pobre Antonia, de tu santa madre. Esta sangre es agua de bautismo. Esta sangre es la redentora. Sólo la sangre de tu madre, Joaquina, puede salvar a tus hijos, a nuestros nietos. Ésa es la sangre sin mancha que puede redimirlos.

»Y que no vea nunca ella, Antonia, esta *Confesión;* que no la vea. Que se vaya de este mundo, si me sobrevive, sin haber más que vislumbrado nuestro misterio de iniquidad.»

Los novios comprendiéronse muy pronto y se cobraron cariño. En íntimas conversaciones conociéronse sendas víctimas de sus hogares, de dos ámbitos tristes, de frívola impasibilidad el uno, de la helada pasión oculta el otro. Buscaron el apoyo en Antonia, en la madre de ella.

Tenían que encender un hogar, un verdadero hogar, un nido de amor sereno que vive en sí mismo, que no espía los otros amores, un castillo de soledad amorosa, y unir en él a las dos desgraciadas familias. Le harían ver a Abel, al pintor, que la vida íntima del hogar es la sustancia imperecedera de que no es sino resplandor, cuando no sombra, el arte; a Helena, que la juventud perpetua está en el alma que sabe hundirse en la corriente viva del linaje, en el alma de la familia; a Joaquín, que nuestro nombre se pierde con nuestra sangre, pero para recobrarse en los nombres y en las sangres de los que las mezclan a los nuestros; a Antonia no tenían que hacerle ver nada, porque era una mujer nacida para vivir y revivir en la dulzura de la costumbre.

Joaquín sentía renacerse. Hablaba con emoción de cariño de su antiguo amigo, de Abel, y llegó a confesar que fue una fortuna que le quitase toda esperanza respecto a Helena.

—Pues bien —le decía una vez a solas a su hija—; ahora que todo parece tomar otro cauce, te lo diré. Yo quería a Helena, o por lo menos creía quererla, y la solicité sin conseguir nada de ella. Porque, eso sí, la verdad, jamás me dio la menor esperanza. Y entonces la presenté a Abel, al que será tu suegro..., tu otro padre, y al punto se entendieron. Lo que tomé yo por menosprecio, una ofensa... ¿Qué derecho tenía yo a ella?

—Es verdad eso, pero así sois los hombres.

—Tienes razón, hija mía, tienes razón. He vivido como loco, rumiando esa que estimaba una ofensa, una traición...

—¿Nada más, papá?

—¿Cómo nada más?

—¿No había nada más que eso, nada más?

—¡Que yo sepa... no!

Y al decirlo, el pobre hombre se cerraba los ojos hacia adentro y no lograba contener al corazón.

—Ahora os casaréis —continuó— y viviréis conmigo, sí, viviréis conmigo, y haré de tu marido, de mi nuevo hijo, un gran médico, un artista de la Medicina, todo un artista que pueda igualar siquiera la gloria de su padre.

—Y él escribirá, papá, tu obra, pues así me lo ha dicho.

—Sí, la que yo no he podido escribir...

—Me ha dicho que en tu carrera, en la práctica de la Medicina, tienes cosas geniales y que has hecho descubrimientos...

—Aduladores...

—No, así me ha dicho. Y que como no se te conoce, y al no conocerte no se te estima en todo lo que vales, que quiere escribir ese libro para darte a conocer.

—A buena hora...

—Nunca es tarde si la dicha es buena.

—¡Ay, hija mía, si en vez de haberme somormujado en esto de la clientela, en esta maldita práctica de la profesión que ni deja respirar libre ni aprender... si en vez de eso me hubiese dedicado a la ciencia pura, a la investigación...! Eso que ha descubierto el doctor Álvarez y García, y por lo que tanto le bombean, lo habría descubierto antes yo, yo, tu padre, y lo habría descubierto porque estuve a punto de ello. Pero esto de ponerse a trabajar para ganarse la vida...

—Sin embargo, no necesitábamos de ello.

—Sí, pero... Y, además, qué sé yo... Mas todo eso ha pasado y ahora comienza vida nueva. Ahora voy a dejar la clientela.

—¿De veras?

—Sí, voy a dejársela al que va a ser tu marido, bajo mi alta inspección, por supuesto. ¡Lo guiaré, y yo a mis cosas! Y viviremos todos juntos, y será otra vida..., otra vida... Empezaré a vivir; seré otro..., otro..., otro...

—¡Ay, papá, qué gusto! ¡Cómo me alegra oírte hablar así! ¡Al cabo!

—¿Que te alegra oírme decir que seré otro?

La hija le miró a los ojos al oír el tono de lo que había debajo de su voz.

—¿Te alegra oírme decir que seré otro? —volvió a preguntar el padre.

—¡Sí, papá, me alegra!

—¿Es decir que el otro, que el otro, el que soy, te parece mal?

—¿Y a ti, papá? —le preguntó a su vez, resueltamente, la hija.

—Tápame la boca —gimió él.

Y se la tapó con un beso.

XXX

—Ya te figurarás a lo que vengo —le dijo Abel a Joaquín apenas se encontraron a solas en el despacho de éste.

—Sí, lo sé. Tu hijo me ha anunciado tu visita.

—Mi hijo y pronto tuyo, de los dos. ¡Y no sabes bien cuánto me alegro! Es como debía acabar nuestra amistad. Y mi hijo es ya casi tuyo; te quiere ya como a padre, no sólo como a maestro. Estoy por decir que te quiere más que a mí...

—Hombre..., no..., no..., no digas así.

—¿Y qué? ¿Crees que tengo celos? No, no soy celoso. Y mira, Joaquín, si entre nosotros había algo...

—No sigas por ahí, Abel, te lo ruego, no sigas...

—Es preciso. Ahora que van a unirse nuestras sangres, ahora que mi hijo va a serlo tuyo y mía tu hija, tenemos que hablar de esa vieja cuenta, tenemos que ser absolutamente sinceros.

—¡No, no, de ningún modo, y si hablas de ella, me voy!

—¡Bien, sea! Pero no creas que olvido, no lo olvidaré nunca, tu discurso aquel cuando lo del cuadro.

—Tampoco quiero que hables de eso.

—¿Pues de qué?

—¡Nada de lo pasado, nada! Hablemos sólo del porvenir...

—Bueno, si tú y yo, a nuestra edad, no hablamos del pasado, ¿de qué vamos a hablar? ¡Si nosotros no tenemos ya más que pasado!

—¡No digas eso! —casi gritó Joaquín.

—¡Nosotros ya no podemos vivir más que de recuerdos!

—¡Cállate, Abel, cállate!

—Y si te he de decir la verdad, vale más vivir de recuerdos que de esperanzas. Al fin, ellos fueron y de éstas no se sabe si serán.

—¡No, no; recuerdos, no!

—En todo caso, hablemos de nuestros hijos, que son nuestras esperanzas.

—¡Eso sí!

—De ellos y no de nosotros, de ellos, de nuestros hijos...

—Él tendrá en ti un maestro y un padre...

—Sí, pienso dejarle mi clientela, es decir, la que quiera tomarlo, que ya la he preparado para eso. Le ayudaré en los casos graves.

—Gracias, gracias.

—Eso, además de la dote que doy a Joaquina. Pero vivirán conmigo.

—Eso me había dicho mi hijo. Yo, sin embargo, creo que deben poner casa; el casado, casa quiere.

—No, no puedo separarme de mi hija.

—Y nosotros de nuestro hijo sí, ¿eh?

—Más separados que estáis de él... Un hombre apenas vive en casa; una mujer apenas sale de ella. Necesito a mi hija.

—Sea. Ya ves si estoy complaciente.

—Y más que esta casa será la vuestra, la tuya, la de Helena...

—Gracias por la hospitalidad. Eso se entiende.

Después de una larga entrevista, en que convinieron todo lo atañedero al establecimiento de sus hijos, al ir a separarse, Abel, mirándole a Joaquín a los ojos, con mirada franca, le tendió la mano, y sacando la voz de las entrañas de su común infancia, le dijo: «¡Joaquín!» Asomáronsele a éste las lágrimas a los ojos al coger aquella mano.

—No te había visto llorar desde que fuimos niños, Joaquín.

—No volveremos a serlo, Abel.

—Sí, y es lo peor.

Se separaron.

XXXI

Con el casamiento de su hija pareció entrar el sol, un sol de ocaso de otoño, en el hogar antes frío de Joaquín, y éste empezar a vivir de veras. Fue dejándole al yerno su clientela, aunque acudiendo, como en consulta, a los casos graves y repitiendo que era bajo su dirección como aquél ejercía.

Abelín, con las notas de su suegro, a quien llamaba su padre, tuteándole ya, y con sus ampliaciones y explicaciones verbales, iba componiendo la obra en que se recogía la ciencia médica del doctor Joaquín Monegro, y con un acento de veneración admirativa que el mismo Joaquín no habría podido darle. «Era mejor, sí —pensaba éste—, era mucho mejor que escribiese otro aquella obra, como fue Platón quien expuso la doctrina socrática.» No era él mismo quien podía, con toda libertad de ánimo y sin que ello pareciese, no ya presuntuoso, mas un esfuerzo para violentar el aplauso de la posteridad, que se estimaba no conseguible; no era él quien podía exaltar su saber y su pericia. Reservaba su actividad literaria para otros empeños.

Fue entonces, en efecto, cuando empezó a escribir su *Confesión,* que así la llamaba, dedicada a su hija y para que ésta la abriese luego que él hubiera muerto, y que era el relato de su lucha íntima con la pasión que fue su vida, con aquel demonio con quien peleó casi desde el albor de su mente dueña de sí hasta entonces, hasta cuando lo escribía. Esta confesión se decía dirigida a su hija, pero tan penetrado estaba él del profundo valor trágico de su vida de pasión y de la pasión de su vida, que acariciaba la esperanza de que un día su hija o sus nietos la dieran al mundo, para que éste se sobrecogiera de admiración y de espanto ante aquel héroe de la angustia tenebrosa que pasó sin que le conocieran en todo su fondo los que con él convivieron. Porque Joaquín se creía un espíritu de excepción, y como tal torturado y más capaz de dolor que los otros, un alma señalada al nacer por Dios con la señal de los grandes predestinados.

«Mi vida, hija mía —escribía en la *Confesión—,* ha sido un arder continuo, pero no la habría cambiado por la de otro. He odiado como nadie, como ningún otro ha sabido odiar, pero es que he sentido más que los otros la suprema injusticia de los cariños del mundo y de los favores de la fortuna. No, no, aquello que hicieron conmigo los padres de tu marido no fue humano ni noble; fue infame, pero fue peor, mucho peor, lo que me hicieron todos, todos los que encontré desde que, niño aún y lleno de confianza, busqué el apoyo y el amor de mis semejantes. ¿Por qué me rechazaban? ¿Por qué me acogían fríamente y como obligados a ello? ¿Por qué preferían al ligero, al inconstante, al egoísta? Todos, todos me amargaron la vida. Y comprendí que el mundo es naturalmente injusto y que yo no había nacido entre los míos. Ésta fue mi desgracia, no haber nacido entre los míos. La baja mezquindad, la vil ramplonería de los que me rodeaban, me perdió.»

Y a la vez que escribía esta *Confesión,* preparaba, por si ésta marrase, otra obra que sería la puerta de entrada de su nombre en el panteón de los ingenios inmortales de su pueblo y casta. Titularíase *Memorias de un médico viejo* y sería la mies del saber del mundo, mies de pasiones, de vida, de tristeza y alegrías, hasta de crímenes ocultos, que había cosechado de la práctica de su profesión de médico. Un espejo de la vida, pero de las entrañas, y de las más negras, de ésta; una bajada a las simas de la vileza humana; un libro de alta literatura y de filosofía acibarada a la vez. Allí pondría toda su alma sin hablar de sí mismo; allí, para desnudar las almas de los otros, desnudaría la suya; allí se vengaría del mundo vil en que había tenido que vivir. Y las gentes, al verse así, al desnudo, admirarían primero y quedarían agradecidas después al que las desnudó. Y allí, cambiando los nombres a guisa de ficción, haría el retrato que para siempre habría de quedar de Abel y de

Helena. Y su retrato valdría por todos los que Abel pintara. Y se regodeaba a solas pensando que si él acertaba aquel retrato literario de Abel Sánchez, le habría de inmortalizar a éste más que todos sus propios cuadros, cuando los comentaristas y eruditos del porvenir llegasen a descubrir bajo el débil velo de la ficción, al personaje histórico. «Sí, Abel, sí —se decía Joaquín a sí mismo—, la mayor coyuntura que tienes de lograr eso por lo que tanto has luchado, por lo único que has luchado, por lo único que te preocupas, por lo que me despreciaste siempre o, aun peor, no hiciste caso de mí, la mayor coyuntura que tienes de perpetuarte en la memoria de los venideros, no son tus cuadros, ¡no!, sino es que yo acierte a pintarte con mi pluma tal y como eres. Y acertaré, acertaré porque te conozco, porque te he sufrido, porque has pesado toda mi vida sobre mí. Te pondré para siempre en el rollo, y no serás Abel Sánchez, no, sino el nombre que yo te dé. Y cuando se hable de ti como pintor de tus cuadros dirán las gentes: "¡Ah, sí, el de Joaquín Monegro!" Porque serás de este modo mío, mío, y vivirás lo que mi obra viva, y tu nombre irá por los suelos, por el fango, a rastras del mío, como van arrastrados por el Dante los que colocó en el Infierno. Y serás la cifra del envidioso.»

¡Del envidioso! Pues Joaquín dio en creer que toda la pasión que bajo su aparente impasibilidad de egoísta animaba a Abel, era la envidia, la envidia de él, a Joaquín, que por envidia le arrebatara de mozo el afecto de sus compañeros, que por envidia le quitó a Helena. ¿Y cómo, entonces, se dejó quitar el hijo? «Ah —se decía Joaquín—, es que él no se cuida de su hijo, sino de su nombre, de su fama; no cree que vivirá en las vidas de sus descendientes de carne, sino en las de los que admiren sus cuadros, y me deja su hijo para mejor quedarse con su gloria. ¡Pero yo le desnudaré!»

Inquietábale la edad a que emprendía la composición de esas *Memorias*, entrado ya en los cincuenta y cinco años, ¿pero, no había acaso empezado Cervantes su *Quijote* a los cincuenta y siete de su edad? Y se dio a averiguar qué obras maestras escribieron sus autores después de haber pasado la edad suya. Y a la par se sentía fuerte, dueño de su mente toda, rico de experiencia, maduro de juicio y con su pasión, fermentada en tantos años, contenida, pero bullente.

Ahora, para cumplir su obra, se contendría. ¡Pobre Abel! ¡La que le esperaba!... Y empezó a sentir desprecio y compasión hacia él. Mirábale como a un modelo y como a una víctima, y le observaba y le estudiaba. No mucho, pues Abel iba poco, muy poco, a casa de su hijo.

—Debe de andar muy ocupado tu padre —decía Joaquín a su yerno—; apenas aparece por aquí. ¿Tendrá alguna queja? ¿Le habremos ofendido yo, Antonia o mi hija en algo? Lo sentiría...

—No, no, papá —así le llamaba ya Abelín—, no es nada de eso. En casa tampoco paraba. ¿No te dije que no le importa nada más que sus cosas? Y sus cosas son las de su arte y qué sé yo...

—No, hijo, no, exageras..., algo más habrá...

—No, no hay más.

Y Joaquín insistía para oír la misma versión.

—¿Y Abel, cómo no viene?... —le preguntaba a Helena.

—¡Bah, él es así con todos!... —respondía ésta.

Ella, Helena, sí solía ir a casa de su nuera.

XXXII

—Pero dime —le decía un día Joaquín a su yerno—, ¿cómo no se le ocurrió a tu padre nunca inclinarte a la pintura?

—No me ha gustado nunca.

—No importa; parecía lo natural que él quisiera iniciarte en su arte...

—Pues no, sino que antes más bien le molestaba que yo me interesase en él. Jamás me animó a que cuando niño hiciera lo que es natural en niños, figuras y dibujos.

—Es raro..., es raro... —murmuraba Joaquín—. Pero...

Abel sentía desasosiego al ver la expresión del rostro de su suegro, el lívido fulgor de sus ojos. Sentíase que algo le escarabajeaba dentro, algo doloroso y que deseaba echar fuera; algún veneno, sin duda. Siguióse a esas últimas palabras un silencio cargado de acre amargura. Y lo rompió Joaquín diciendo:

—No me explico que no quisiese dedicarte a pintor...

—No, no quería que fuese lo que él...

Siguió otro silencio, que volvió a romper, como con pesar, Joaquín, exclamando como quien se decide a una confesión:

—¡Pues sí, lo comprendo!

Abel tembló, sin saber a punto cierto por qué, al oír el tono y timbre con que su suegro pronunció esas palabras.

—¿Pues?... —interrogó el yerno.

—No..., nada... —y el otro pareció recogerse en sí.

—¡Dímelo! —suplicó el yerno, que por ruego de Joaquín ya le tuteaba como a padre amigo —¡amigo y cómplice!—, aunque temblaba de oír lo que pedía se le dijese.

—No, no, no quiero que digas luego...

—Pues eso es peor, padre, que decírmelo, sea lo que fuere. Además, que creo adivinarlo...

—¿Qué? —preguntó el suegro, atravesándole los ojos con la mirada.

—Que acaso temiese que yo con el tiempo eclipsara su gloria...

—Sí —añadió con reconcentrada voz Joaquín— ¡sí, eso! ¡Abel Sánchez hijo, o Abel Sánchez el Joven! Y que luego se le recordase a él como tu padre y no a ti como a su hijo. Es tragedia que se ha visto más de una vez dentro de las familias... Eso de que un hijo haga sombra a su padre...

—Pero eso es... —dijo el yerno, por decir algo.

—Eso es envidia, hijo, nada más que envidia.

—¡Envidia de un hijo...! ¡Y un padre!

—Sí, y la más natural. La envidia no puede ser entre personas que no se conocen apenas.

No se envidia al de otras tierras ni al de otros tiempos. No se envidia al forastero, sino los del mismo pueblo entre sí; no al de más edad, al de otra generación, sino al contemporáneo, al camarada. Y la mayor envidia entre hermanos. Por algo es la leyenda de Caín y Abel... Los celos más terribles, tenlo por seguro, han de ser los de uno que cree que su hermano pone ojos en su mujer, en la cuñada... Y entre padres e hijos...

—Pero ¿y la diferencia de edad en este caso?

—¡No importa! Eso de que nos llegue a oscurecer aquel a quien hicimos...

—¿Y del maestro al discípulo? —preguntó Abel.

Joaquín se calló, clavó un momento su vista en el suelo, bajo el que adivinaba la tierra, y luego añadió, como hablando con ella, con la tierra:

—Decididamente, la envidia es una forma de parentesco.

Y luego:

—Pero hablemos de otra cosa, y todo esto, hijo, como si no lo hubiese dicho. ¿Lo has oído?

—¡No!

—¿Cómo que no?...

—Que no he oído lo que antes dijiste.

—¡Ojalá no lo hubiese oído yo tampoco! —y la voz le lloraba.

XXXIII

Solía ir Helena a casa de su nuera, de sus hijos, para introducir un poco de gusto más fino, de mayor elegancia, en aquel hogar de burgueses sin distinción, para corregir —así lo creía ella— los defectos de la educación de la pobre Joaquina, criada por aquel padre lleno de una soberbia sin fundamento y por aquella pobre madre que había tenido que cargar con el hombre que otra desdeñó. Y cada día dictaba alguna lección de buen tono y de escogidas maneras.

—¡Bien, como quieras! —solía decir Antonia.

Y Joaquina, aunque recomiéndose, resignábase. Pero dispuesta a rebelarse un día. Y si no lo hizo fue por los ruegos de su marido.

—Como usted quiera, señora —le dijo una vez, y recalcando el *usted,* que no habían logrado lo dejase al hablarle—; yo no entiendo de esas cosas ni me importa. En todo eso se hará su gusto...

—Pero si no es mi gusto, hija, si es...

—¡Lo mismo da! Yo me he criado en la casa de un médico, que es ésta, y cuando se trate de higiene, de salubridad, y luego que nos llegue el hijo, de criarle, sé lo que he de hacer; pero ahora, en estas cosas que llama usted de gusto, de distinción, me someto a quien se ha formado en casa de un artista.

—Pero no te pongas así, chicuela...

—No, si no me pongo. Es que siempre nos está usted echando en cara que si esto no se hace así, que si se hace asá. Después de todo, no vamos a dar saraos ni tés danzantes.

—No sé de dónde te ha venido, hija, ese fingido desprecio, fingido, sí, fingido, lo repito, fingido...

—Pero si yo no he dicho nada, señora...

—Ese fingido desprecio a las buenas formas, a las conveniencias sociales. ¡Aviados estaríamos sin ellas...! ¡No se podría vivir!

Como a Joaquina le habían recomendado su padre y su marido que se pasease, que airease y solease la sangre que iba dando al hijo que vendría, y como ellos no podían siempre acompañarla, y Antonia no gustaba de salir de casa, escoltábala Helena, su suegra. Y se complacía en ello, en llevarla al lado como a una hermana menor, pues por tal la tomaban los que no las conocían, en hacerle sombra con su espléndida hermosura casi intacta por los años. A su lado su nuera se borraba a los ojos precipitados de los transeúntes. El encanto de Joaquina era para paladeado lentamente por los ojos, mientras que Helena se ataviaba para barrer las miradas de los distraídos: «¡Me quedo con la madre!», oyó que una vez decía un mocetón, a modo de chicoleo, cuando al pasar ella le oyó que llamaba *hija* a Joaquina, y respiró más fuerte, humedeciéndose con la punta de la lengua los labios.

—Mira, hija —solía decirle a Joaquina—, haz lo más por disimular tu estado, es muy feo eso de que se conozca que una muchacha está encinta..., es así como una petulancia...

—Lo que yo hago, madre, es andar cómoda y no cuidarme de lo que crean o no crean... Aunque estoy en lo que los cursis llaman estado interesante, no me hago la tal como otras se habrán hecho y se hacen. No me preocupo de esas cosas.

—Pues hay que preocuparse; se vive en el mundo.

—¿Y qué más da que lo conozcan...? ¿O es que no le gusta a usted, madre, que sepan que va para abuela? —añadió con sorna.

Helena se escocía al oír la palabra odiosa: abuela, pero se contuvo.

—Pues mira, lo que es por edad... —dijo picada.

—Sí, por edad podía usted ser madre de nuevo —repuso la nuera, hiriéndola en lo vivo.

—Claro, claro —dijo Helena, sofocada y sorprendida, inerme por el brusco ataque—. Pero eso de que se te queden mirando...

—No, esté tranquila, pues a usted es más bien a la que miran. Se acuerdan de aquel magnífico retrato, de aquella obra de arte...

—Pues yo en tu caso... —empezó la suegra.

—Usted en mi caso, madre, y si pudiese acompañarme en mi estado mismo, ¿entonces?

—Mira, niña, si sigues así nos volvemos en seguida y no vuelvo a salir contigo ni a pisar tu casa..., es decir, la de tu padre.

—¡La mía, señora, la mía, y la de mi marido y la de usted!...

—¿Pero de dónde has sacado ese geniecillo, niña?

—¿Geniecillo? ¡Ah, sí, el genio es de otros!

—Miren, miren la mosquita muerta..., la que se iba a ir monja antes de que su padre le pescase a mi hijo...

—Le he dicho a usted ya, señora, que no vuelva a mentarme eso. Yo sé lo que me hice.

—Y mi hijo también.

—Sí, sabe también lo que se hizo, y no hablemos más de ello.

XXXIV

Y vino al mundo el hijo de Abel y de Joaquina, en quien se mezclaron las sangres de Abel Sánchez y de Joaquín Monegro.

La primer batalla fue la del nombre que había de ponérsele; su madre quería que Joaquín; Helena, que Abel, y Abel su hijo, Abelín y Antonia remitieron la decisión a Joaquín, que sería quien le diese nombre. Y fue un combate en el alma de Monegro. Un acto tan sencillo como es dar nombre a un hombre nuevo, tomaba para él tamaño de algo agorero, de un sortilegio fatídico. Era como si se decidiera el porvenir del nuevo espíritu.

«Joaquín —se decía éste—, Joaquín, sí, como yo, y luego será Joaquín S. Monegro y hasta borrará la ese, la ese a que se le reducirá ese odioso Sánchez, y desaparecerá su nombre, el de su hijo, y su linaje quedará anegado en el mío... Pero ¿no, es mejor que sea Abel Monegro, Abel S. Monegro, y se redima así el Abel? Abel es su abuelo, pero Abel es también su padre, mi yerno, mi hijo, que ya es mío, un Abel mío, que he hecho yo. ¿Y qué más da que se llame Abel si él, el otro, su otro abuelo, no será Abel ni nadie le conocerá por tal, sino será como yo le llame en las *Memorias,* con el nombre con que yo le marque en la frente con fuego? Pero no...»

Y, mientras así dudaba, fue Abel Sánchez, el pintor, quien decidió la cuestión, diciendo:

—Que se llame Joaquín. Abel el abuelo, Abel el padre, Abel el hijo, tres Abeles..., ¡son muchos! Además, no me gusta, es nombre de víctima...

—Pues bien dejaste ponérselo a tu hijo —objetó Helena.

—Sí, fue un empeño tuyo, y por no oponerme... Pero figúrate que en vez de haberse dedicado a médico se dedica a pintor, pues... Abel Sánchez el Viejo y Abel Sánchez el Joven...

—Y Abel Sánchez no puede ser más que uno —añadió Joaquín sotorriéndose.

—Por mí que haya ciento —replicó aquél—. Yo siempre he de ser yo.

—¿Y quién lo duda? —dijo su amigo.

—¡Nada, nada, que se llame Joaquín, decidido!

—Y que no se dedique a la pintura, ¿eh?

—Ni a la medicina —concluyó Abel, fingiendo seguir la fingida broma.

Y Joaquín se llamó el niño.

XXXV

Tomaba al niño su abuela Antonia, que era quien le cuidaba, y apechugándolo como para ampararlo y cual si presintiese alguna desgracia, le decía: «Duerme, hijo mío, duerme, que cuanto más duermas mejor. Así crecerás sano y fuerte. Y luego también, mejor dormido que despierto, sobre todo en esta casa. ¿Qué va a ser de ti? ¡Dios quiera que no riñan en ti dos sangres!» Y dormido el niño, ella, teniéndole en brazos, rezaba y rezaba.

Y el niño crecía a la par que la *Confesión* y las *Memorias* de su abuelo de madre y que la fama de pintor de su abuelo de padre. Pues nunca fue más grande la reputación de Abel que en este tiempo. El cual, por su parte, parecía preocuparse muy poco de toda otra cosa que no fuese su reputación.

Una vez se fijó más intensamente en el nietecillo, y fue que al verle una mañana dormido, exclamó: «¡Qué precioso apunte!» Y tomando un álbum se puso a hacer un bosquejo a lápiz del niño dormido.

—¡Qué lástima —exclamó— no tener aquí mi paleta y mis colores! Ese juego de la luz en la mejilla, que parece como de melocotón, es encantador. ¡Y el color del pelo! ¡Si parecen rayos de sol los rizos!

—Y luego —le dijo Joaquín—, ¿cómo llamarías al cuadro? ¿Inocencia?

—Eso de poner títulos a los cuadros se queda para los literatos, como para los médicos el poner nombres a las enfermedades, aunque no se curen.

—¿Y quién te ha dicho, Abel, que sea lo propio de la medicina curar las enfermedades?

—Entonces, ¿qué es?

—Conocerlas. El fin de la ciencia es conocer.

—Yo creí que conocer para curar. ¿De qué nos serviría haber probado del fruto de la ciencia del bien y del mal si no era para librarnos de éste?

—Y el fin del arte, ¿cuál es? ¿Cuál es el fin de ese dibujo de nuestro nieto que acabas de hacer?

—Eso tiene su fin en sí. Es una cosa bonita y basta.

—¿Qué es lo bonito? ¿Tu dibujo o nuestro nieto?

—¡Los dos!

—¿Acaso crees que tu dibujo es más hermoso que él, que Joaquinito?

—¡Ya estás en las tuyas! ¡Joaquín, Joaquín!

Y vino Antonia, la abuela, y cogió al niño de la cuna y se lo llevó como para defenderle de uno y de otro abuelo. Y le decía: «¡Ay, hijo, hijito, hijo mío, corderito de Dios, sol de la casa, angelito sin culpa, que no te retraten, que no te curen! ¡No seas modelo de pintor, no seas enfermo de médico!... ¡Déjales, déjales con su arte y con su ciencia y vente con tu abuelita, tú, vida mía, vida, vidita, vidita mía! Tú eres mi vida; tú eres nuestra vida; tú eres el sol de esta casa. Yo te enseñaré a rezar por tus abuelos y Dios te oirá. ¡Vente conmigo, vidita, vida, corderito sin mancha, corderito de Dios!» Y no quiso Antonia ver el apunte de Abel.

XXXVI

Joaquín seguía con su enfermiza ansiedad el crecimiento en cuerpo y en espíritu de su nieto Joaquinito. ¿A quién salía? ¿A quién se parecía? ¿De qué sangre era? Sobre todo cuando empezó a balbucir.

Desasosegábale al abuelo que el otro abuelo, Abel, desde que tuvo el nieto, frecuentaba la casa de su hijo y hacía que le llevasen a la suya el pequeñuelo. Aquel grandísimo egoísta —por tal le tenían su hijo y su consuegro— parecía ablandarse de corazón y aun aniñarse ante el niño. Solía ir a hacerle dibujos, lo que encantaba a la criatura. «¡*Abelito,* santos!», le pedía. Y Abel no se cansaba de dibujarle perros, gatos, caballos, toros, figuras humanas. Ya le pedía un jinete, ya dos chicos haciendo cachetina, ya un niño corriendo de un perro que le sigue, y que las escenas se repitiesen.

—En mi vida he trabajado con más gusto —decía Abel—; ¡esto, esto es arte puro y lo demás... chanfaina!

—Puedes hacer un álbum de dibujos para los niños —le dijo Joaquín.

—¡No, así no tiene gracia; para los niños... no! Eso no sería arte, sino...

—Pedagogía —dijo Joaquín.

—Eso sí, sea lo que fuere, pero arte, no. Esto es arte, esto; estos dibujos que dentro de media hora romperá nuestro nieto.

—¿Y si yo los guardase? —preguntó Joaquín.

—¿Guardarlos? ¿Para qué?

—Para tu gloria. He oído de no sé qué pintor de fama que se han publicado los dibujos que les hacía, para divertirlos, a sus hijos, y que son lo mejor de él.

—Yo no los hago para que los publiquen luego, ¿entiendes? Y en cuanto a eso de la gloria, que es una de tus reticencias, Joaquín, sábete que no se me da un comino de ella.

—¡Hipócrita! Si es lo único que de veras te preocupa...

—¿Lo único? Parece mentira que me lo digas ahora. Hoy lo que me preocupa es este niño. ¡Y será un gran artista!

—Que herede tu genio, ¿no?

—¡Y el tuyo!

El niño miraba sin comprender el duelo entre sus dos abuelos, pero adivinando algo en sus actitudes.

—¿Qué le pasa a mi padre —preguntaba a Joaquín su yerno—, que está chocho con el nieto, él que apenas nunca me hizo caso? Ni recuerdo que siendo yo niño me hiciese esos dibujos...

—Es que vamos para viejos, hijo —le respondió Joaquín— y la vejez enseña mucho.

—Y hasta el otro día, a no sé qué pregunta del niño, le vi llorar. Es decir, le salieron las lágrimas. Las primeras que le he visto.

—¡Bah! ¡Eso es cardíaco!

—¿Cómo?

—Que tu padre está ya gastado por los años y el trabajo y por el esfuerzo de la inspiración artística y por las emociones, que tiene muy mermadas las reservas del corazón y que el mejor día...

—¿Qué?

—Os da, es decir, nos da un susto. Y me alegro que haya llegado ocasión de decírtelo, aunque ya pensaba en ello. Adviérteselo a Helena, a tu madre.

—Sí, él se queja de fatiga, de disnea, ¿será...?

—Eso es. Me ha hecho que le reconozca sin saberlo tú, y le he reconocido. Necesita cuidado.

Y así era que en cuanto se encrudecía el tiempo Abel se quedaba en casa y hacía que le llevasen a ella el nieto, lo que amargaba para todo el día al otro abuelo. «Me lo está mimando —decía Joaquín—, quiere arrebatarme su cariño; quiere ser el primero; quiere vengarse de lo de su hijo. Sí, sí, es por venganza, nada más que por venganza. Quiere quitarme este último consuelo. Vuelve a ser él, él, él, que me quitaba los amigos cuando éramos mozos.»

Y en tanto Abel le repetía al nietecito que quisiera mucho al abuelito Joaquín.

—Te quiero más a ti —le dijo una vez el nieto.

—¡Pues no! No debes quererme a mí más; hay que querer a todos igual. Primero a papá y a mamá y luego a los abuelos y a todos lo mismo. El abuelito Joaquín es muy bueno, te quiere mucho, te compra juguetes...

—También tú me los compras...

—Te cuenta cuentos...

—Me gustan más los dibujos que tú me haces... ¡Anda, píntame un toro y un picador a caballo!

XXXVII

—Mira, Abel —le dijo solemnemente Joaquín así que se encontraron solos—; vengo a hablarte de una cosa grave, muy grave, de una cuestión de vida o muerte.

—¿De mi enfermedad?

—No; pero si quieres de la mía.

—¿De la tuya?

—De la mía, ¡sí! Vengo a hablarte de nuestro nieto. Y para no andar con rodeos es menester que te vayas, que te alejes, que nos pierdas de vista; te lo ruego, te lo suplico...

—¿Yo? ¿Pero estás loco, Joaquín? ¿Y por qué?

—El niño te quiere a ti más que a mí. Esto es claro. Yo no sé lo que haces con él..., no quiero saberlo...

—Lo aojaré o le daré algún bebedizo, sin duda...

—No lo sé. Le haces esos dibujos, esos malditos dibujos, le entretienes con las artes perversas de tu maldito arte...

—Ah, ¿pero eso también es malo? Tú no estás bueno, Joaquín.

—Puede ser que no esté bueno, pero eso no importa ya. No estoy en edad de curarme. Y si estoy malo debes respetarme. Mira, Abel, que me amargaste la juventud, que me has perseguido la vida toda...

—¿Yo?

—Sí, tú, tú.

—Pues lo ignoraba.

—No finjas. Me has despreciado siempre.

—Mira, si sigues así me voy, porque me pones malo de verdad. Ya sabes mejor que nadie que no estoy para oír locuras de ese jaez. Vete a un manicomio a que te curen o te cuiden y déjanos en paz.

—Mira, Abel, que me quitaste, por humillarme, por rebajarme, a Helena...

—¿Y no has tenido a Antonia...?

—¡No, no es por ella, no! Fue el desprecio, la afrenta, la burla.

—Tú no estás bueno; te lo repito, Joaquín, no estás bueno...

—Peor estás tú.

—De salud del cuerpo, desde luego. Sé que no estoy para vivir mucho.

—Demasiado...

—¿Ah, pero me deseas la muerte?

—No, Abel, no, no digo eso —y tomó Joaquín tono de quejumbrosa súplica, diciéndole—: Vete, vete de aquí, vete a vivir a otra parte, déjame con él..., no me lo quites... por lo que te queda...

—Pues por lo que me queda, déjame con él.

—No, que me le envenenas con tus mañas, que le desapegas de mí, que le enseñas a despreciarme...

—¡Mentira, mentira y mentira! Jamás me ha oído ni me oirá nada en desprestigio tuyo.

—Sí, pero basta con lo que le engatusas.

—¿Y crees tú que por irme yo, por quitarme yo de en medio habría de quererte? Si a ti, Joaquín, aunque uno se proponga no puede quererte... Si rechazas a la gente...

—Lo ves, lo ves...

—Y si el niño no te quiere como tú quieres ser querido, con exclusión de los demás o más que a ellos, es que presiente el peligro, es que teme...

—¿Y qué teme? —preguntó Joaquín, palideciendo.

—El contagio de tu mala sangre.

Levantóse entonces Joaquín, lívido, se fue a Abel y le puso las dos manos, como dos garras, en el cuello, diciendo: —¡Bandido!

Mas al punto las soltó. Abel dio un grito, llevándose las manos al pecho, suspiró un «¡Me muero!» y dio el último respiro. Joaquín se dijo: «¡El ataque de angina; ya no hay remedio; se acabó!»

En aquel momento oyó la voz del nieto que llamaba: «¡Abuelito! ¡Abuelito!» Joaquín se volvió:

—¿A quién llamas? ¿A qué abuelo llamas? ¿A mí? —y como el niño callara lleno de estupor ante el misterio que veía—: Vamos, di, ¿a qué abuelo? ¿A mí?

—No, al abuelito Abel.

—¿A Abel? Ahí lo tienes..., muerto. ¿Sabes lo que es eso? Muerto.

Después de haber sostenido en la butaca en que murió el cuerpo de Abel, se volvió Joaquín al nieto y con voz de otro mundo le dijo:

—¡Muerto, sí! Y le he matado yo, yo, ha matado a Abel Caín, tu abuelo Caín. Mátame ahora si quieres. Me quería robarte; quería quitarme[9] tu cariño. Y me lo ha quitado. Pero él tuvo la culpa, él.

Y rompiendo a llorar, añadió:

—¡Me quería robarte a ti, a ti, al único consuelo que le quedaba al pobre Caín! ¿No le dejarán a Caín nada? Ven acá, abrázame.

El niño huyó sin comprender nada de aquello, como se huye de un loco. Huyó llamando a Helena: —¡Abuela, abuela!

—Le he matado, sí —continuó Joaquín solo—; pero él me estaba matando; hace más de cuarenta años que me estaba matando. Me envenenó los caminos de la vida con su alegría y con sus triunfos. Quería robarme el nieto...

Al oír pasos precipitados, volviendo Joaquín en sí, volvióse. Era Helena, que entraba.

---

[9] En la primera edición: «quería *quitarte* tu cariño».

—¿Qué pasa..., qué sucede..., qué dice el niño...?

—Que la enfermedad de tu marido ha tenido un[10] fatal desenlace —dijo Joaquín heladamente.

—¿Y tú?

—Yo no he podido hacer nada. En esto se llega siempre tarde.

Helena le miró fijamente y le dijo:

—¡Tú..., tú has sido!

Luego se fue, pálida y convulsa, pero sin perder su compostura, al cuerpo de su marido.

---

[10] En la primera edición: «... ha tenido *su* fatal desenlace».

XXXVIII

Pasó un año en que Joaquín cayó en una honda melancolía. Abandonó sus *Memorias*, evitaba ver a todo el mundo, incluso a sus hijos. La muerte de Abel había parecido el natural desenlace de su dolencia, conocida por su hija, pero un espeso bochorno misterioso pesaba sobre la casa. Helena encontró que el traje de luto la favorecía mucho y empezó a vender los cuadros que de su marido le quedaban. Parecía tener cierta aversión al nieto. Al cual le había nacido ya una hermanita.

Postróle, al fin, a Joaquín una oscura enfermedad en el lecho. Y sintiéndose morir, llamó un día a sus hijos, a su mujer, a Helena.

—Os dijo la verdad el niño —empezó diciendo—, yo le maté.

—No digas esas cosas, padre —suplicó Abel, su yerno.

—No es hora de interrupciones ni de embustes. Yo le maté. O como si yo le hubiera matado, pues murió en mis manos...

—Eso es otra cosa.

—Se me murió teniéndole yo en mis manos, cogido del cuello. Aquello fue como un sueño. Toda mi vida ha sido un sueño. Por eso ha sido como una de esas pesadillas dolorosas que nos caen encima poco antes de despertar, al alba, entre el sueño y la vela. No he vivido ni dormido..., ¡ojalá!, ni despierto. No me acuerdo ya de mis padres, no quiero acordarme de ellos y confío en que ya muertos me hayan olvidado. ¿Me olvidará también Dios? Sería lo mejor, acaso, el eterno olvido. ¡Olvidadme, hijos míos!

—¡Nunca! —exclamó Abel, yendo a besarle la mano.

—¡Déjala! Estuvo en el cuello de tu padre al morir éste. ¡Déjala! Pero no me dejéis. Rogad por mí.

—¡Padre, padre! —suplicó la hija.

—¿Por qué he sido tan envidioso, tan malo? ¿Qué hice para ser así? ¿Qué leche mamé? ¿Era un bebedizo de odio? ¿Ha sido un bebedizo de sangre? ¿Por qué nací en tierra de odios? En tierra en que el precepto parece ser: «Odia a tu prójimo como a ti mismo.» Porque he vivido odiándome; porque aquí todos vivimos odiándonos. Pero... traed al niño.

—¡Padre!

—¡Traed al niño!

Y cuando el niño llegó le hizo acercarse.

—¿Me perdonas? —le preguntó.

—No hay de qué —dijo Abel.

—Di que sí, arrímate al abuelo —le dijo su madre.

—¡Sí! —susurró el niño.

—Di claro, hijo mío, di si me perdonas.

—Sí.

—Así, sólo de ti, sólo de ti, que no tienes todavía uso de razón, de ti, que eres inocente, necesito perdón. Y no olvides a tu abuelo Abel, al que te hacía los dibujos. ¿Le olvidarás?

—¡No!

—No, no le olvides, hijo mío, no le olvides. Y tú, Helena...

Helena, la vista en el suelo, callaba.

—Y tú, Helena...

—Yo, Joaquín, te tengo hace tiempo perdonado.

—No te pedía eso. Sólo quiero verte junto a Antonia. Antonia...

La pobre mujer, henchidos de lágrimas los ojos, se echó sobre la cabeza de su marido, y como queriendo protegerla.

—Tú has sido aquí la víctima. No pudiste curarme, no pudiste hacerme bueno...

—Pero si lo has sido, Joaquín... ¡Has sufrido tanto!...

—Sí, la tisis del alma. Y no pudiste hacerme bueno porque no te he querido.

—¡No digas eso!

—Sí lo digo, lo tengo que decir, y lo digo aquí, delante de todos. No te he querido. Si te hubiera querido me habría [11] curado. No te he querido. Y ahora me duele no haberte querido. Si pudiéramos volver a empezar...

—¡Joaquín! ¡Joaquín! —clamaba desde el destrozado corazón la pobre mujer—. No digas

[11] En la primera edición: «... me *había* curado».

esas cosas. Ten piedad de mí, ten piedad de tus hijos, de tu nieto que te oye, y que, aunque parece no entenderte, acaso mañana...

—Por eso lo digo, por piedad. No, no te he querido; no he querido quererte. ¡Si volviésemos a empezar! Ahora, ahora es cuando...

No le dejó acabar su mujer, tapándole la moribunda boca con su boca y como si quisiera recoger en el propio su último aliento.

—Esto te salva, Joaquín.

—¿Salvarme? ¿Y a qué llamas salvarse?

—Aún puedes vivir unos años, si lo quieres.

—¿Para qué? ¿Para llegar a viejo? ¿A la verdadera vejez? ¡No, la vejez, no! La vejez egoísta no es más que una infancia en que hay conciencia de la muerte. El viejo es un niño que sabe que ha de morir. No, no quiero llegar a viejo. Reñiría con los nietos por celos, les odiaría... ¡No, no..., basta de odio! Pude quererte, debí quererte, que habría sido mi salvación, y no te quise.

Calló. No quiso o no pudo proseguir. Besó a los suyos. Horas después rendía su último cansado suspiro.

¡QUEDA ESCRITO! [12]

---

[12] En la primera edición el texto acaba en el párrafo último. Esta frase la añade en la segunda edición.

ÚLTIMOS TÍTULOS PUBLICADOS EN COLECCIÓN AUSTRAL

Ramón del Valle-Inclán
344. **Romance de Lobos**
Edición de Ricardo Doménech

Andrés Berlanga
345. **La Gaznápira**
Prólogo de Manuel Seco

Plauto
346. **Anfitrión. La comedia de los asnos. La comedia de la olla**
Traducción de José M.ª Guinot Galán
Edición de Gregorio Hinojo

Bertrand Russell
347. **Historia de la Filosofía Occidental**
348. Prólogo de Jesús Mosterín

Gonzalo Torrente Ballester
349. **Crónica del Rey pasmado**
Prólogo de Santiago Castelo

William Shakespeare
350. **Hamlet**
Edición y traducción de Ángel-Luis Pujante

Juan Benet
351. **El aire de un crimen**
Prólogo de Félix de Azúa

Carlos Gurméndez
352. **La melancolía**
Prólogo de Javier Muguerza

Molière
353. **El Tartufo**
Edición y traducción de Mauro Armiño

Publio Ovidio Nasón
354. **Metamorfosis**
Introducción de José Antonio Enríquez
Traducción y notas de Ely Leonetti Jungl

Antonio Gala
355. **Los verdes campos del Edén. Los buenos días perdidos**
Introducción de Phylis Zatlin